妻子從不忘記

妻は忘れない

矢樹純 Yagi Jun

Rappa 譯

妻子從不忘記

Contents

妻子從不忘記

一

「不肯做愛的老公不如去死。」

留實雙眼紅腫，握住啤酒杯，噘著嘴痛罵。聽到這番爆炸性發言，我不禁左右張望。遠離車站的居酒屋平日只有零星的客人，誰也沒注意到這桌的對話。

留實的身邊，方才同樣在發洩對丈夫的怨氣的杏奈，放下威士忌蘇打，大力點頭同意。

「他們要是眞的去死，我們就不用煩惱了。據說離婚理由第一名是個性不合，我看不是個性，而是性吧。」

杏奈說著，以免洗筷尖端在半空中寫了個「性」字，逗得留實發出低級的笑聲。

儘管才剛進入十二月，同一家派遣公司的同事還是約了酒聚，提早過尾牙。留實與杏奈都在三十歲中段，比我年長五歲左右。由於我們曾派遣至同一個職場共事，即使彼此都換了環境，仍會偶爾相約午餐或酒聚。

以前每次碰面總是在抱怨各自的同事與上司，這陣子留實與杏奈越來越常數落丈夫。留實的興趣是打網球，一如過往有著健康的膚色，定期上瑜珈課的杏奈也維持曼妙身材，只不過或許積了太多苦水，面容略有老態。

如果是職場上的人，忍個一年直到下次更換派遣地點也就算了，換成是丈夫可沒這麼簡單。因為無處可逃，怨氣更是不吐不快。

儘管心裡明白，但身為每次聽她們吐苦水的人，我實在有點疲倦。我偷偷嘆氣，吃一口馬鈴薯沙拉拌自家製鹽辛（註）。這滋味令我想來點日本酒，但待會得步行至車站，不該喝太多酒。我望向即將淨空的酒杯，思考接下來該點什麼飲料。

「那千紘呢？」突然聽到我的名字，我不禁抬起眼。

「看來妳還沒遇到這種狀況。妳結婚幾年了？」留實略帶好奇的眼神直瞅著我。

「快滿三年了吧。」我不想讓她們追問下去，只單純回答了問題。

「記得牧野先生跟我們同年代，目前從事看護工作吧？」

六年前，我的丈夫牧野晶彥是留實與杏奈派遣處的合作廠商，三人因此結識。雖然現在已無交流，至少打過照面。

「聽說當看護很傷腰，牧野先生還好嗎？」

他很好，我擠出僵硬的笑容回答。對話就此中斷。現在我不太想談丈夫的事。

「眞羨慕千紘跟老公處得好，我們家沒救了。」不知道是看出我的想法，還是其實不感興趣，留實立刻把話題轉回自己身上。

「我們五年以上沒做過了，維持夫妻關係有什麼意義？小孩也升上高年級翅膀硬了，這輩子接下來都要跟那個討厭鬼共度，難受死了。」

留實厭煩地撥開染成淺色的髮絲，露出髮線邊緣的細短白髮。二十歲後半結婚的她，有一個讀小學的女兒。

「不過，眞的要下定決心又很難。小孩將來還會花錢，爲了這種理由離婚，周遭的人一

註：將烏賊等魚貝類的肉與內臟，以鹽醃漬而成的一道下酒菜。

定會反對。」

杏奈的口氣似乎已不抱希望，她夾起盤子裡最後一塊炸章魚。一樣在二十幾歲結婚的杏奈家有二寶，分別是讀中學的女兒與小學的兒子。只有我沒有小孩。

「就算是這樣，外遇被抓包時的風險又太大了。之前不是說過，我們公司有個離過婚的女員工嗎？她這次換成跟已婚的上司交往。」

「妳說那個私生活很亂的人？她不是不久前才在供養牛郎嗎？」

留實對杏奈拋出的新話題很感興趣，聽得雙眼發亮。杏奈目前待的公司，有一名男女關係複雜的女員工，據說三不五時就有驚世駭俗之舉。上次才聽杏奈說過，這個人爲了幫喜歡的牛郎做業績，都三十幾歲了還跑去徵「乾爹」。

由於年齡相近，對方常找杏奈商量。在今天這種酒聚時，杏奈會喜孜孜地聊起她的奇聞軼事。杏奈形容這個同事的外表就像肉食性小動物，我猜大概是可愛的外皮下藏著刀吧。聽說她個子嬌小，卻莫名散發著一種壓迫感。

熱烈討論了一陣子女同事與中年男上司的羶腥外遇事跡後，留實與杏奈口乾舌燥，加點了新的飲料。我也喝光檸檬沙瓦，加點了烏龍威士忌蘇打。等三人的飲料到齊，留實語帶落寞地開口：

「我很清楚到頭來只能跟現在的老公一起走下去。但夫妻之間失去男女激情，我覺得好空虛。話雖如此，打死我也不要跟老公談這件事。」

杏奈視線垂落在自己的手上，應一聲「我懂」。

「彼此都還年輕的時候，稍微起衝突也能在床上和好，事情往往不了了之。不做愛以後，每次吵架總是鬧得雞飛狗跳。這樣吵久了，就再也無法把話說開了。」

聽著杏奈的話，我冒出一股想對兩人傾訴自身狀況的念頭。然而，要對認識丈夫的人提起那種事，我始終下不了決心。游移不定之際，只見留實打開菜單，詢問要點什麼來爲這一餐畫下句號。

「千紘，妳可別變得跟我們一樣。」杏奈選完甜點，露出笑容，對我如此說道。一時之間，我無言以對。

跟我比起來，妳們幸福多了。

我笑著回答「我會注意」來掩飾心痛。一旦有了無法說出口的事，人與人的關係就會變得扭曲。

我雙唇貼上酒杯，想起不再觸碰我的丈夫寬闊的背影。

吃完炸柿子配冰淇淋，踏出居酒屋是在十點。留實與杏奈要搭不同路線的車，於是我們在車站解散。大概是酒精與閒聊成功紓解了壓力，兩人皆一臉暢快。

由於時間太晚，來不及搭上末班公車，我在最近的車站叫了計程車，在抵達公寓的前一條路下車，接著在自動販賣機買了熱茶，邊喝邊散步醒酒。呼出的雪白氣息，融入照亮夜路的街燈光芒之中。

綿延至前方大街的銀杏樹，葉片散落在磚瓦步道上，形成宛如馬賽克的紋路。當初婚事敲定，尋找鄰近雙方職場的新居時，我和丈夫看中這排銀杏路樹，決定在此地落腳。

我停下腳步，仰望直上漆黑夜空的粗壯樹幹。無數的葉子在斜斜開展的枝枒上搖曳，宛如鮮黃色的蝶群。

我有些暈眩，閉上雙眼，深深吸了一口氣。或許眞的喝過頭了。我使力抬起腿，緩緩邁開腳步。

認識丈夫晶彥的時候，他是東京都內的事務機器廠商的技術人員，偕同業務同事來到我、留實與杏奈任職的辦公設備租賃公司進行維修。

體格健壯高大的丈夫，似乎不擅長陪笑應酬，給人難以親近的印象。略長的臉上有一雙銳利的丹鳳眼，總是緊緊抿著薄唇。不過，他做事又快又細心，在公司裡的風評很好。

我們在同事辦的酒聚碰巧同席，這才第一次說上話。女子大學畢業的我不諳與男性相處之道，不知道該跟他說什麼。但我們聊起如何度過週末，發現曾在同一天去有樂町觀賞獨家上映、追尋老吉他手音樂活動的紀錄片，距離便一口氣拉近。

學生時代曾加入電影社的丈夫，眉飛色舞地談起我沒看過的片子，推薦我喜歡的導演片單。我望著他有些泛紅的側臉，爲他竟然也能如此健談感到意外。那天的事，我至今記憶猶新。我就是在當時發現，他一笑起來就會露出尖尖的虎牙。

我從沒跟認識的人透露過——丈夫將這句話說在前頭，接著給了我記錄觀影心得的社群網站帳號。我注意到他操作手機的手指。關節明顯的粗壯手指在窄小的螢幕上滑動，一只樸素的戒指有點委屈地嵌在無名指上。

從步道望過去，公寓還有零星幾戶的窗透著燈光。這是一棟家庭式的七層建築，屋齡雖高，但設備更新過。我輸入密碼解除自動鎖，搭電梯來到五樓。

我開門進入玄關，摸索著點亮走廊的照明。費了一番工夫拔下不好穿脫的靴子，取下圍巾。

丈夫今天值夜班，在晚間十點離家。打開客廳的門，裡頭飄盪著空調的餘溫與丈夫上班前吃的咖哩味。由於今天有酒聚，我昨天預先煮了兩天份。

我沒脫下外套就前往廚房，拿出冰箱的礦泉水，倒進玻璃杯喝。水槽旁的瀝水籃放著一人份的盤子與湯匙。丈夫總是會主動清洗自己用過的餐具，大概是與前妻離婚後的獨居時代養成的習慣。

剛認識時，丈夫與前妻一起住在老家，跟父母同在一個屋簷下。他沒有兄弟姊妹，母親拒絕讓獨生子離巢。

打從暢談電影的那夜起，我就對丈夫抱持著淡淡的好感，但當然不至於動念破壞別人的家庭。我只要一個月有一、兩次在公司碰面時，能趁著打招呼的機會聊聊電影，便已心滿意足。

這樣的關係持續了一年左右，有一天我突然得知丈夫辭職。業務向我介紹接替維修的新任員工，告訴我前任負責人已離職。

我從當時就是八卦王的杏奈那邊，聽說他在離職的同時與妻子分手，再也無法按捺。幾經考慮之後，我首次發了一通訊息，到他先前告知的社群網站帳號。

——眞心感謝你至今以來的照顧。未來無法再見，我感到很遺憾。

我並未抱持任何期待，只是想傳達我的心情，要是沒收到回覆也無可奈何，沒想到丈夫卻簡短回應——我也是。抱歉，離開得這麼匆促。

過了半年左右，丈夫向我報告他將在看護中心就職的同時，冷不防邀請我去看電影。那是一部以北歐小村爲舞台，講述人與馬之間的故事的劇情片。

看完電影，我們邊用餐邊聊心得，並且約好下一次的影聚。約的次數多了，我倆自然成了一對。或許是對於再婚有些猶豫，他向我求婚是在交往兩年後。

丈夫之前離婚時搬出了老家，所以我不需要與公婆同住，不過我們還是先到我父母家打招呼，接著一起去向公婆報告。丈夫位於東京都內的老家看起來頗有年代，不過是一棟相當氣派的住宅，有著漆黑屋瓦與飾以磁磚的灰漿壁面。後來聽說公公退休前是知名銀行的分店長，我恍然大悟。

生得一張圓臉的婆婆十分親切健談，特地爲我們叫了當地名店的壽司。相反地，公公給人文靜寡言的印象，不過面容端正，輪廓與丹鳳眼神似丈夫。我和丈夫討論後，決定不辦婚禮，改成約個聚餐，讓雙方家長見面。

我就這樣與丈夫結褵了三年。

儘管丈夫更換工作跑道使得收入低於以往，我目前被派遣至家電製造商擔任客服窗口，壓力雖大，薪水卻也相對地高，應付兩人的開銷不成問題。我們存了點錢，今年春天才在討論差不多可以生個孩子了。

丈夫主動提出這種意見，我眞的很開心，但——

從三個月前的那天起，丈夫就變了。

如今根本無法想像我們會生兒育女。

我可能哪天就會死在丈夫的手中。

二

「佑香是正職員工，以前總是說工作很忙，暫時不想生小孩。幸好妳是派遣員工。」

婚後不久，我們一起前往拜年，婆婆趁丈夫不在場時告訴我這件事。我根本沒問，婆婆卻搬出前妻的話題——而且還是暗示我們趕緊造人——婆婆的粗神經讓我感到受傷，但我沒有表現出來。

丈夫與前妻之間沒有孩子。

前妻佑香是他大學時代專題討論會的學妹。據說是丈夫對她一見鍾情，展開熱烈追求，兩人因此交往，並在畢業後走入禮堂。婚後，佑香無縫接軌進入不動產開發公司，擔任會計至今。

從婆婆那裡聽說此事時，我對佑香的自卑感再度加深。

我沒有能讓人一見鍾情的外貌，求職到大學四年級的最後關頭仍沒有半封錄取通知，只好成爲派遣員工。這就像是在暗指佑香比我優秀，我的心頭有種難以言喻的酸楚。

打從一開始，我就很清楚丈夫對佑香用情至深。明知一輩子也比不過她，我仍選擇結婚。

與丈夫交往，起了結婚念頭的那陣子，我才向丈夫問起兩人怎麼會走到這一步。原以爲與丈夫的雙親同居是主因，但我錯了。

離婚的理由，是佑香出軌。

「她說是跟公婆同住壓力大才會外遇，這年代哪有人會住在夫家？她還怪我工作總是很忙，讓她很寂寞。」

腳踏多條船的佑香說出的自私藉口，在她離開後依然折磨著丈夫。丈夫在離婚後搬出長年居住的老家，辭去任職已久的公司。他無法將怒氣發在深愛的佑香身上，只能老老實實把她的話照單全收，責備自己。

因此，當丈夫提議要生兒育女，我純粹感到開心，覺得唯有在這件事上贏了佑香。

或許是抱持著這種膚淺的想法，我才會遭受報應。

自廚房地板襲來的寒氣穿透絲襪，我渾身發抖。客廳的時鐘顯示，即將來到凌晨十二點。明天還要上班，我必須盡快就寢。

剛要去浴室卸妝，我忽然想到一件事，趕緊打開電鍋。只見裡頭剩下正在保溫中的半碗飯，飯粒已變得乾硬。

我還得準備明天早餐與便當用的白飯，必須先洗好米並設定煮飯時間。儘管很想立刻衝去洗澡，我仍用保鮮膜包好剩飯，把黏著乾硬米粒的內鍋拿去浸水。

以前這種簡單的家事都請丈夫代勞，如今我卻開不了口。我和丈夫之間只剩下最低限度的必要對話。

但總有一天，我必須跟丈夫問個清楚。

你爲什麼要偷藏那種東西？

上週收拾丈夫丟在玄關的公事包，發現異常沉重，我便打開來檢查。起初我認不出那是什麼，拿起一看，才領悟到是用來傷害人的東西。

丈夫是打算用在我的身上嗎？

一回過神，我正望著浸滿水的內鍋，緊握水槽邊緣。不知不覺間，呼吸急促起來，喘了好一陣子。

我閉上眼睛，等待情緒平復，將泡軟的飯粒仔細洗掉。接著，我從收在櫥櫃下方的米桶取出三杯米，放入內鍋。

用刺骨的冷水洗著米，我想起三個月前發生的事。那天的水也很冰冷。

進入九月以來，持續著格外寒冷的日子，公公在中秋夜猝死了。死因是蜘蛛膜下腔出血。

公公走的時候才六十五歲。他在家吃完晚餐後表示頭痛，叫了救護車送醫，意識始終沒有恢復，就此一去不回。我與丈夫接獲聯絡趕往醫院時，他動也不動地躺在窗邊的病床上。雙眼緊閉的蒼白臉孔，依然與丈夫極爲相似。隔著窗簾拉開的窗外，皎潔的圓月事不關己地高掛在遠方天空。

隔天晚上守靈，再隔一天舉辦了喪禮。先前緊抓著公公遺體痛哭的婆婆，在親朋好友的慰問下，神情平穩許多。身爲獨生子，丈夫雖然也爲父親猝逝而無精打采，卻還是盡力支撐擔任喪主的母親，與禮儀公司承辦人商量安排大小事宜，並招呼眾多前來弔唁的客人。大部分都是公公任職銀行時期的故交。

在郊外剛落成的殯儀館辦完喪禮，一群親戚回到丈夫的老家用餐。外燴餐食都盤底朝天了，眾人仍有說不盡的話題。大家都爲公公的早逝難過，畢竟他好不容易熬到退休，今後才要開始享受第二人生。

傍晚天色漸暗，我獨自在夫家寬敞的流理台洗碗。婆婆在和自己的兄妹，丈夫則在和堂兄弟交談。與其和初次見面的親戚聊天，洗碗還比較輕鬆自在。另一方面，我也想避開他們宛如打量新進門的媳婦的視線。

我找不到熱水開關，又不想特地去問，乾脆繼續用冷水洗碗。由於沒有油膩的菜肴，洗去髒污並不費力，但沖掉幾個盤子與小缽上的洗碗精泡沫後，水冰得我指頭都凍僵了。

就在我大致洗完餐具，準備拿布擦乾的時候，走廊突然傳來對話聲。

剛才大概是被流水聲蓋過，我才沒聽見。若是有客人要離開，必須打聲招呼，於是我拉開了連接廚房與走廊的拉門。然而，門外沒有任何人。

環視四下，玄關格子門的另一端透出人影。看來客人已出去，我連忙趕到門口，一眼掃過排放著多雙黑鞋的落塵區，找到自己被擠到邊緣的包頭跟鞋時，聲音傳入耳裡。

「我連上個香都不行嗎？」

是略為低沉卻仍清晰的女聲。我僵在原地，動彈不得。

小心翼翼窺視起被門框分成一塊塊的毛玻璃，兩道黑影映入眼中。一人身形高大，另一人看起來比我嬌小。

「佑香，算我求妳，今天先回去吧。」

是丈夫的聲音。不僅虛弱，語尾還略帶顫抖。我從沒聽過他這種口氣。

「——好吧，但你之後一定要跟太太說清楚。」

一陣沉默後，女人如此叮嚀。開門時的刺耳金屬摩擦聲響起，我屏住呼吸，安靜地後退，飛奔進廚房，反手悄悄帶上拉門。沒過多久，玄關那邊喀啦喀啦地傳來開關門的乾澀聲響。

此後再也沒有任何動靜。過了半晌，我打開一道門縫窺望，只見丈夫盯著玄關大門，動也不動地杵在落塵區。那副失魂落魄的模樣，令我心痛欲絕。

不該看到這一幕。我迅速離開拉門，像是要藏起自己似地背靠在廚房牆上，僵在原地。

不知過了多久，我才感覺到他拖著緩慢而沉重的腳步從走廊離去。等四周安靜下來，緊繃的神經鬆懈，我頓時虛脫，癱坐在地。身體被一陣惡寒包圍，手心卻不停冒汗。

我沒跟佑香見過面。既沒看過她的照片，也是第一次聽到她的聲音。腦海浮現一個臉孔模糊、漆黑嬌小的女性身影。

離婚五年了，她為何突然出現？就算公公過世，她也不是這個家的人了。佑香臨走前要丈夫轉告我某件事，那就是她來訪的理由嗎？

疑問在我的腦中翻騰，廚房地板的木紋，宛如滑落水面的油膜搖搖晃晃。

三

「早安，你回來啦。」

以筷子壓著熱騰騰的玉子燒，剛要切塊時，傳來開門的聲響。我朝著玄關呼喊，不一會，丈夫露面。或許是暴露在早晨寒氣中，他的雙頰有點泛紅。他一臉疲憊地把公事包放在腳邊，似乎覺得射入廚房窗戶的冬季陽光十分炫目，瞇起了雙眼。

「我裝好便當就出門。」

嗯……丈夫隔著口罩含糊回應，接著脫下厚重的登山用手套。這是我為了騎機車上班的丈夫，去年在戶外用品店買的聖誕禮物。

丈夫值完晚班的早晨，我通常會在他返抵家門的七點半接棒出門。雖然沒時間一起吃早餐，我總會在餐桌上留下做便當多出的菜，或常備菜之類的簡便餐點再離家。今天早上，我放了羊栖菜漢堡與蘿蔔絲小菜。

「晚餐有沒有想吃什麼？」我將切好的玉子燒塞進青花菜旁的空位，詢問在流理台洗手的丈夫。咖哩所剩不多，我打算下班後順道去一趟超市。

「今天我要跟公司的人出去，會在外面隨便吃吃。」丈夫盯著自己的手如此答道。他彷彿受到某種東西的驅使，不斷搓洗著滿是泡沫的雙手。

又來了？我吞下差點脫口而出的質問，告訴丈夫「我知道了」。我粗魯地蓋起便當盒，移至攤在餐桌上的包袱巾。

「我出門了。」

我背對丈夫，綁緊包袱巾。抓起放在椅子上的皮包，頭也不回地走向玄關。丈夫沒有回應，唯有流水聲猶在耳邊。

自從三個月前的那一天起，丈夫就變得判若兩人。不是精神恍惚，就是一臉凝重，既不笑也不主動開口。雖然向他搭話會回答，但也僅是隻字片語。

旁人看來，應該會以爲他還沒走出父親猝逝的傷感。然而，那天聽到他與佑香在玄關的交談，我並不這麼認爲。

丈夫懷著祕密。如果那個祕密與佑香有關，身爲妻子我不能默不作聲。

公公的尾七過去，進入十一月後，丈夫的行動又有新的變化。他在黃昏到晚間這段時間，開始頻繁離家。

丈夫原本愛窩在家裡，工作以外極少在外活動，卻突然不斷找藉口出門，一下說跟朋友有約，一下說要買東西。每次這麼說完，他就會跨上摩托車，好幾個小時都不回家。

不管怎麼想，我都覺得他是去跟佑香見面。

起初，我以爲是自己想太多，便沒過問。但同樣的情況發生數次後，我在丈夫的羽絨外套口袋裡，找到一張超商發票。明細中列出兩罐咖啡與當紅的便利商店甜點，店址位於鄰區我不熟悉的地段。

儘管沒有實際收到，我謊稱收了奠儀必須回禮，向婆婆詢問佑香的住址。婆婆大概不知道她曾來弔唁，一臉狐疑地表示不清楚詳細地址，不過跟我說了地段，和開發票的超商位於同一個區域。

不能繼續放任事態發展下去。只是，若我拿出證據逼問丈夫，他會停止與佑香見面嗎？舉行公公的喪禮那天，佑香要丈夫跟太太說清楚，或許是要丈夫將兩人的關係告訴我。丈夫該不會已決定與佑香復合，正在等待向我坦白的時機。果真如此，我又能怎麼挽回？苦思許久，我決定保護自身的立場，最後說出了最不該說的話。

事情發生在距今兩週前。那一晚，丈夫難得比平常早回家。

我們看著綜藝節目，默不作聲吃晚餐。用餐完畢，丈夫正要起身離去，我打破沉默，說想和他商量一下。

「年底要不要一起去旅行？」

丈夫訝異地望著我。好久沒與丈夫四目相接交談，我緊張得提高了語調。

「除夕和元旦你也放假吧？只住一晚可能有點趕，不過我有一家之前就想住住看的旅館。」

我拿出手機，點進旅遊網站的頁面，放在桌上。

「我不抱希望地登記了這家旅館的候補，收到聯絡說剛好有空房。那是位於丹澤的溫泉旅館，旅遊節目介紹過，聽說餐點好吃、風景優美，溫泉也很棒。」

丈夫不發一語，垂眼看著從客房可望見的溪谷景色與旅館外觀的照片。該不會失敗了吧？我心跳加速起來。

我不想失去丈夫。不管他背負著什麼過去，他仍選擇了我，我才會待在這裡。因此我豁了出去，決定裝作一無所知，光明正大地以妻子的身分、夫婦的身分，繼續陪他走下去。

「爸的尾七也順利結束了，應該可以放鬆一下吧？」

我發現自己越講越不莊重，不敢再說半個字。我沒膽看丈夫的臉，視線在餐桌邊緣游移，等待他的回答。

「我們哪有錢去旅行？」丈夫低聲說，將手機推回我這邊。

「其實沒有你想得那麼貴，還可以選擇要不要租車。」

爲什麼當時我不肯退讓呢？如今回想起來，都是因爲丈夫不肯吐露眞正的理由，一個勁否定我的提議，我實在嚥不下這口氣。

「這種事妳應該先跟我商量。」

「我不是說了嗎？是湊巧等到空房。」

我無法克制逐漸帶刺的口吻，還被自己強硬的語氣弄得益發激動。雙頰脹紅，喉頭梗塞。

「我們的薪水都沒有多到能夠這樣揮霍吧。」

他丟出的這句話，聽在我耳裡，就像是嘲諷我活到現在未曾錄取正職。那是我無法容許他人提及的死穴，所以我才說出了至今避提的那件事。

「你不是還有爸的遺產嗎？」

叩！傳來一聲巨響，我嚇得縮起身子。

我戰戰兢兢睜開眼，只見丈夫猛然起身，椅子倒在他的身後。

我渾身緊繃，不敢吭聲，僅是一臉茫然地抬眼看著丈夫。他蒼白的雙頰發顫，撐開薄唇說道：

「不干妳的事！」

我第一次聽見丈夫怒吼。燃燒著熊熊怒火的雙眼直瞪著我，一雙大手緊握拳頭，彷彿按捺著揍我的衝動。

我察覺自己與丈夫之間發生了決定性的事件。

明知必須道歉，卻不知道該怎麼開口，我只好低著頭。一眨眼，滿溢的淚水便會沿著下顎滴落餐桌。腦袋裡有種忽冷忽熱的詭異感覺，只能凝視著形影模糊的空飯碗。

「抱歉，」開口道歉的是丈夫，「我現在不想談這種事。」

丈夫扶起翻倒的椅子，說要冷靜一下就走出家門，直到天亮都沒回來。

大門鎖上的悶重聲響、丈夫離家後我在冰冷的廚房洗著碗……我大概一輩子都忘不了丈夫暴怒並表露恨意的那一晚。

公公的喪禮當日，初次聽聞的佑香嗓音。佑香離開後，望著玄關茫然若失的丈夫身影。亟欲擺脫的記憶總是特別鮮明，一次次湧上心頭，銘刻在腦海。

從那天起，我避免與丈夫面對面，若無其事地繼續生活。因此，當我發現他藏在公事包裡的東西時，也沒有勇氣詢問爲什麼他會帶著這種東西。
我說不定會遭到丈夫殺害。
我當然不希望這種事發生，也努力維持婚姻生活。
但不管我花費多少工夫，都無法改變人的心思與本性。
年關將至的十二月下旬深夜，一通來自警署的電話讓我明白這個事實。

四

「妳的丈夫出事受了傷，正在警署接受偵訊，請問妳方便來接他嗎？」
那一天我在大掃除，剛清完通風扇準備休息，家裡的電話就響了。來電的男人口氣一本正經，自稱是鄰區警署的員警。丈夫白天曾傳訊給我，表示班表更動，臨時要值夜班。
「不曉得出了什麼事？」
「妳的丈夫沒有過失。要解釋的話，他是仗義助人被牽扯進案件中。」
警察將這句話說在前頭，接著簡單解釋了案情，我才終於明白丈夫出了什麼事。

我表示會立刻趕過去，便掛了電話，匆匆忙忙準備出門。來到大馬路上，我攔了計程車。

抵達警署，我向櫃檯人員說明來意，被請進一個房間。剛坐進不怎麼舒服的椅子，一名中年制服警察拿著文件夾板與塑膠托盤，帶領丈夫進來。丈夫左眼周圍瘀青腫脹，一認出是我就別過臉。

「雖然檢查結果是沒有異狀，但畢竟傷在頭部，最好再觀察一晚。」警察這麼建議我，接著轉向丈夫，遞出塑膠托盤。「等聽取完對方的說法，我們會再聯絡你。然後，這個——**扣押的電擊槍**，現在還給你。」

托盤裡放著一個以黑色樹脂製成、外形如電動刮鬍刀的物體。跟我之前在丈夫的公事包裡發現的是相同的東西。

「持有電擊槍是沒問題，但法律上禁止隨身攜帶，這一點請多加注意。不過，像這次一樣拔掉電池就沒關係。」

聽著警察的叮嚀，丈夫一副精疲力竭的樣子，目光垂落鋪著灰色地毯的地板。

警察送我們到入口大廳，我與丈夫一起步出警署。一走下大門前的階梯，我率先發難。

「聽說你是要幫助被跟蹤狂糾纏的女人。」

丈夫停下腳步，垂頭注視著人行道上綿延的黃色導盲磚。

「那個女人就是佑香吧？」

丈夫抬起頭，瞇起雙眼，以一種審視的目光望著我。我沒移開視線，筆直回望丈夫。我可不會在這個關頭打退堂鼓。最後，丈夫輕嘆一口氣，點頭承認。

後續不方便站在警署前談，於是我們走到對面的小公園。氣溫低到身穿厚重外套依然快要凍僵，但我不希望接下來要說的話被其他人聽見。

並肩坐在公園一隅設置的木製長椅，丈夫坦承剛進入十一月左右，佑香找他商量事情。確實符合丈夫開始往外跑的時期。

「我收到她的聯絡，說公司裡跟她交往過的上司在分手後繼續糾纏，她不知道該怎麼辦。那個人一天傳幾十封訊息給她，還會跟去她家。於是在她的請求下，我到她家附近巡邏，把那個人趕走好幾次——只是今天對方不肯退讓，我就挨揍了。」

「爲什麼你非得去幫她不可?」

丈夫似乎不曉得該怎麼回答，咬著嘴唇。

「因爲佑香說，她可能會被那傢伙殺掉。」

好不容易開口，他吐出的卻是這句話。我嘆了口氣，看來得換個方式追問。

「警察說，你把電擊槍的電池拔掉了吧。」

丈夫的眼中浮現不安之色，注視著我，像是在窺探我的言下之意。

「你也拔了**另一顆電池**嗎?」

警署歸還的電擊槍，跟丈夫公事包裡的形狀不太一樣。那把電擊槍，原本接在手工製的充電座上，有一顆外接電池。我接受過工作單位——家電製造商的職業訓練，一眼就看得出那些零件的用途。丈夫曾擔任技術人員，加工想必難不倒他。

「剛才歸還的電擊槍經過改造吧?目的是增加電量，提高輸出電流。如果只是想防身，沒必要改造。你原本打算用那把電擊槍殺害某個人。」

我必須逼丈夫親口承認，否則這件事無法落幕。

丈夫渾身緊繃，放在大腿上的手緊握。他閉上眼，虛弱地搖頭。

「我不是認眞的，所以很快就拆除了。我沒有眞心動過殺人念頭。」

用這種藉口逃避責任？比起憤怒，我更感到悲傷。我站起來，俯視著丈夫。

「聯絡我的警察稱讚你是仗義助人，說你**從跟蹤狂手中拯救孕婦**。佑香懷孕了，你打算跟她復合吧？」

我陷入絕望，丈夫還是選擇了佑香。

用改造過的電擊槍電死我，死因將是心室顫動導致心臟衰竭。只要湮滅改造的證據就不構成殺人，可藉口是發生意外，擺脫罪嫌。運氣好的話，說不定會斷定爲病故。丈夫爲了與她廝守，想要我的命。

「那不是我的孩子，我不可能跟她復合。」

丈夫肩頭不斷顫抖，祈禱般雙手緊握。我不想再聽更多謊話，我受夠了。正要轉身離開的時候，傳來細若蚊蚋的聲音。

「那是我爸的種……」

我彷彿遭受一記重擊，猛然回頭。丈夫就在背後，黑漆漆的身影彷彿沒入暗夜之中。那龐大的軀體看起來就像個空殼子。

儘管心存懷疑，我仍再次在丈夫的身旁坐下。丈夫結結巴巴地說起原委。

佑香在公公的喪禮當天造訪，是爲了討遺產。佑香宣稱懷有公公的孩子。她告訴丈夫自己住在夫家時便與公公發生關係，離婚後仍有往來，所以肚子裡的孩子也有繼承遺產的權利。

「佑香曾坦承出軌的對象不止一人，我追問是誰她卻不說。事後回想起來，她恐怕是說不出口吧。」

當時丈夫常常工作到深夜才回家，難以察覺妻子背著他做出何種行爲。向雙親報告兩人決定離婚時，婆婆表示反對，希望兩人能設法挽回，公公卻只是低著頭不說話。

「我很想逼問他爲什麼要做這種事，但已不可能。我跟爸從以前就鮮少交談，比起氣憤，我更是不解。雖然想破頭也沒用。」

丈夫實在無法跟婆婆提起這種事。他無法跟任何人商量。不管遭受怎樣的對待都無法責備他人的丈夫，覺得自己丟臉又沒用。

備感煎熬之際，佑香又找上他，希望他能保護自己不受跟蹤狂騷擾。佑香與交往過的上司談分手談不攏，上司威脅敢拋棄他就要殺了佑香，不知道佑香已有身孕，依然苦苦糾纏。

在這種狀況下，即使對方是苦惱的元凶，丈夫也不能袖手旁觀。前妻如此背信忘義，丈夫卻還是想保護她，實在悲哀。

很抱歉給妳添了麻煩。丈夫垂著頭，以微弱的話聲向我道歉。

「即將出世的孩子是無辜的。你想保護她，並沒有錯。」

聽見我隨口吐出的安慰，丈夫猛然一彈，抬起臉。

「不對。」

丈夫鐵青的臉，痛苦得皺成一團。

「佑香要是被那男的殺死，就不是意外身亡或病逝，遺體一定會送去司法解剖。這麼一來，警方自然會調查胎兒父親的身分，我怕世人發現那是爸的種……」

這件事絕對不能曝光。

丈夫做出這番告白，眼神有如無底洞般晦暗空虛。

丈夫打算用那把電擊槍殺害的對象，看來是佑香。

五

「本地的泉源，是在關東大地震時湧出的。」

我們在地板磨得光亮的走廊上前進，嬌小的老闆娘口齒清晰地為我們解說。她的年紀似乎比我的母親還大，不過挺直背脊碎步前行的模樣，令她看起來年輕不少。繪有青竹的黑底腰帶，與淺黃和服十分搭調。

「您說去年冬天也曾考慮光顧，不過其實我最推薦現在這個季節。畢竟這裡的冬天冷得嚇人。」

老闆娘說著轉過身來，摩挲著上臂，露出笑容。一牽動豐腴的臉頰，眼角便浮現討人喜歡的皺紋。

上方是不透光格窗的落地窗，開了一道小縫，交織的鳥鳴與捎來涼意的河流聲傳入室內。樹木、苔蘚與泥土的氣味，乘著初夏的風，自旅館前庭茂密的森林飄來。

我們終於來到丹澤的溫泉旅館。建築物比想像中小巧，卻是頗有歷史的數寄屋造

（註）。屋內設備雖然老舊，但保養良好。我們入住的「藤之間」，可望見的溪谷景色，比照片美上好幾倍。

走廊盡頭似乎裝飾著樹根擺件，並排的大花瓶裡插著吊鐘花與紫色圓薊。老闆娘拉開一旁的門，溫泉的香氣便撲面而來。

「我們家的泉質是強鹼性，皮膚真的會變得光滑無比。由於成分很濃，建議您泡完沖個水，做好保濕。那麼，請慢慢享受溫泉吧。」

老闆娘俐落地說明澡堂的使用方式，隨後笑嘻嘻地行禮離去。鋪設木地板的更衣室不算寬敞，裡頭放著一小台電風扇，以及古董指針式體重計。擺放在櫃子裡的衣物箱全是空的，置物櫃的鎖頭也都插著鑰匙，似乎沒有其他客人。大概是我比較早入住吧。

午後豔陽照耀的大浴場，地板是黑壓壓的石磚，浴槽則貼著小巧的水藍色瓷磚，散發懷舊風情的同時也清潔明亮。大窗外是一片蔥鬱的綠林，以及竹圍籬遮蔽下的露天浴池。

仔細清潔過後，我將身體浸入透明且質地濃稠的溫泉中。背靠上地磚形成的台階，放鬆全身的力氣，伸直雙腿。

閉上雙眼，聆聽泉水注入池中的聲音，我彷彿遺忘了時間。儘管曾猶豫是否該來這一趟，現在我深深覺得是正確的決定。

去年年底，前往警署接丈夫的那晚，回到公寓後，我首先提議，盡快對佑香的胎兒進行DNA鑑定。

丈夫不知道胎兒出世前就能進行親子鑑定。只要採取懷孕母體的血液，就能透過內含的胎兒DNA碎片查出父親的身分。

「既然想讓孩子繼承遺產，就必須跟婆婆說明。但在此之前，我們得先釐清有沒有這個必要。佑香應該沒有權利拒絕。」

佑香突然告知她與過世的公公的關係，丈夫大受打擊，大概沒有心思起疑。丈夫似乎稍微恢復了冷靜，當場傳訊給佑香，要求鑑定胎兒的DNA。佑香起初說沒有必要，試圖回絕，但或許是發現我們態度堅定，在幾天過後的小年夜終於主動聯絡，表示願意配合鑑定。

在丈夫的老家過完年後，丈夫在網路上向檢驗機構提出申請，索取採樣收集器。我們把

註：日本傳統建築樣式，將茶室風格融入一般家屋，十分受文人雅士喜愛。

向佑香抽的血，與老家遺留的公公毛髮裝進專用袋中，一併寄回。

兩週後，收到一封薄薄的通知信，等丈夫返家，我們一同打開。只見一紙鑑定書上寫著：親子關係概率值爲百分之零。研判不是生物學上的父親。

佑香腹中胎兒的父親，不是公公。

丈夫把鑑定書丟在餐桌上，像是渾身虛脫，一臉茫然。隨後，他面無表情地從口袋中拿出手機，起身走進浴室。沒過多久，我聽見壓低的話聲，明白他在通話。

「她拜託我，千萬別告她詐欺。」

丈夫回到客廳，露出疲憊的神情，在沙發坐下。他重重嘆了口氣，仰望天花板，眼角泛出淚光，接著又低下頭。

「抱歉，我本來是想，發生這種事，再怎麼樣都不能給妳添麻煩。這段時間害妳很難受，都怪我沒發現她竟是那種人。」

丈夫啞聲再度賠罪，放在大腿上的雙手不甘心地緊握。屢次遭到背叛，受到巨大的傷害，他卻還是怪罪自己。

儘管是一時鬼迷心竅，就連這樣的人，也動過殺人的念頭。

這樣一件駭人聽聞、不光彩、不可告人的事——若是外傳將有人因此受傷的事，他不擇手段也想隱瞞。或許，他是想抹消這件事吧。

住在同一屋簷下，我卻渾然未覺丈夫被逼到走投無路。

不僅如此，我甚至以爲丈夫聯合佑香背叛我，爲了保護自己不受傷害，選擇不理會他。

「別在意，我這個人最會遺忘不開心的事了。」

我在丈夫的身旁坐下，盡量輕快地說道。丈夫小聲說著「謝謝」，略爲遲疑地將他的大手疊在我的手上。

在這之後，我們就像是要塡補掘開的窟窿，緩緩恢復了日常生活。

出外工作，回到家裡，一起用餐。儘管沒蓋同一條棉被，也不會像過去那樣感到孤獨或焦躁。我有種獲准待在這個家的安心感，同時也因可以繼續擔任他的妻子，萌生出微微的自信。或許，將來我會再次爲與丈夫的關係煩惱，到時再找杏奈和留實吐吐苦水就好。

過了三個月左右，丈夫突然有些鄭重其事地問我能不能配合他休假。

「最近要是有空，一起去妳之前想去的溫泉旅館吧。」

走出佑香帶來的傷痛，並修復我倆的婚姻，將是一場長期戰，我早就做好心理準備。這下我反倒擔心步調是否太快。

不過，丈夫願意跨出第一步，我眞心感到高興，最後我還是接受了丈夫的提議。

我望著純淨天空中的薄雲，悠哉泡著露天浴池。隨後我聽從老闆娘的建議，沖洗完身體後細心保濕，披上漿好的浴衣。拎著隨身物品走出更衣室時，我發現有人傳訊給我，是杏奈。

那個離過婚的佑香終於辭職了。警察還到公司來，事情鬧得好大。

我早就知道杏奈被派遣到的地方，正是丈夫的前妻任職的公司。

婆婆很久以前告訴過我，佑香任職於不動產開發公司。從業種、年紀、水性楊花的個性到離過婚，這些特徵都吻合，難免會懷疑她們是同一人。我不動聲色地向杏奈套話，得知那名私生活混亂的女員工就是丈夫的前妻，非常訝異。雖然現在確定是誤會一場，但懷疑丈夫與她之間關係不單純時，我實在無法接受他竟有意與那種女人復合。

佑香一直假借與同事杏奈商量的名義，炫耀自己如何受到男性喜愛。在旁觀者眼裡，只覺得男人是看她容易得手才逢場作戲，不過，由於可當成我們酒聚的話題，杏奈還是耐著性子陪她聊。拜此之賜，佑香幹了什麼好事，全在我的掌握之中。

去年，佑香迷上年輕牛郎，進貢不少，在牛郎店賒帳將近三百萬圓。此外，她向維持不倫關係的上司借了上百萬圓，卻被正宮抓包，要求她一次還清，並追討精神賠償費。總之，佑香遇上金錢危機。

「當時，她發現自己懷了不知道是上司還是牛郎的種，說不曉得該怎麼辦。我記得剛好是在千紘的公公過世那陣子。」

債款、精神賠償費，加上懷孕……即將被自找的麻煩壓垮時，佑香聽聞公公的死訊。於是，她想到一個卑劣至極的方法來突破困境。

那就是利用無條件相信她的前夫。

佑香在偵訊時供稱，打算用公公的遺產支付債款與精神賠償費，等榨出孩子的贍養費後，再跟牛郎結婚。丈夫沒對佑香提告，不過，據說被她指稱為跟蹤狂的上司，先前已向警方報案。

對方在妻子的命令下，向佑香索討債款與精神賠償費，對此佑香不僅找來警察，還以在公司散播醜事相逼，勒索金錢。夾在正宮與小三之間，他心力交瘁，終於失控，對受騙在場的丈夫施暴。儘管這一點不可饒恕，但既然佑香因此受到應有的懲罰，倒也值得慶幸。

警方搜索住宅時，發現親子鑑定書的影本，於是找上我們夫妻問案。不過，改造電擊槍的證據早就處理掉了，我們也沒多提不該提的事。

我不打算告訴丈夫，曾透過同事杏奈獲得佑香的情報。我不敢坦承自己沒注意到丈夫受苦，認定他仍受佑香束縛，以爲他想剷除我這個障礙。

回覆杏奈的訊息後，我坐上大廳旁設置的按摩椅，差點睡著。發現手機收到一通新訊息「差不多可以吃飯了吧？」我匆匆起身，回到丈夫所在的「藤之間」。

女侍上完菜，點頭致意後，便離開了。榻榻米上的四座膳檯，滿是豐富的菜色，包括綜合生魚片、涼拌山菜、烤河魚、現蒸在地蔬菜，以及遠近馳名的山豬鍋。

丈夫打開啤酒，幫我倒了一些。我們互相爲不熟悉的浴衣裝扮感到害臊，一邊乾杯。丈夫喝了一口，喉頭緩緩上下滑動。

山豬肉柔嫩鮮美，烤得酥酥脆脆的河魚嘗起來有種清爽美妙的香味。在啤酒之後，新開的當地產日本酒尾韻乾淨，順口好喝。

不知怎地，丈夫喝得比平常少。我問他理由，他明明不算醉，卻滿臉通紅地回答。

「喝太多會壞事。」

丈夫的視線，落在並排的兩組被褥上。

這一天的事，我想必不會忘記。

心癢癢的我啜飲著日本酒，想像起暌違九個月的丈夫身體觸感。

純潔的手

一

究竟得在這裡待到什麼時候？

我輕輕嘆氣，無所事事地壓平事先發放的通知單上的摺痕。讀了一遍又一遍，以圓潤字體寫著的內容早就倒背如流。穿著圍裙的松鼠與兔子，這些動物手牽著手的插圖，印象中跟去年是同一張。

維持低頭的姿勢，視線悄悄飄向旁邊，一名跟我同世代的父親毫無幹勁地盯著手機螢幕，八成是被妻子要求代為出席。教室裡有好幾名從未在接送孩子時見過的父親，早知道我也該這麼做，乖乖參加頓時顯得愚蠢起來。

女兒們就讀的托兒所（註），照例要在新學年第一次家長會選出班級委員。委員只需要協助市集或運動會之類的活動，據說比幼稚園的還輕鬆，即使如此，在活動前還是得爲了籌備而從職場早退，家長多半不想接下這個擔子。

「接下來剩下大班，可不可以請大象班和熊熊班各推派一位家長？」

隔著教室前方的長桌，家長會幹部並肩而坐，面向大家。其中一名幹部以明顯不耐煩的語氣如此呼籲。這名將規規矩矩中分的長髮束成馬尾、滿臉慍怒的女人有個孩子，跟我家二女兒唯一樣就讀中班。我記得她接下了會計的職位。

我的長女舞在三歲那年入所，因此我是第四次參加家長會。每年大班的班級委員都難產。這也難怪，畢竟除了要協辦活動，又要準備畢業時送老師的禮物與紀念冊。委員幫自己的孩子辦理畢業與入學手續的同時，還得完成其他麻煩的工作：整合各有工作的家長意見，並將小朋友寫的祝福拼貼成別緻的冊子。這種苦差事怎麼可能有人主動攬下來？

聽到幹部的話，小班與中班的家長議論紛紛。有些母親還刻意環視四周，用大家都聽得到的音量抱怨想快點回家。

我何嘗不想快點回家？舞上小班的時候，我就接過班級委員的工作了。現場有好幾個從來沒當過委員的家長。大家都覺得這些人當中應該要有人自告奮勇，卻不敢指名道姓。這家托兒所的家長會有不成文的規定，委員僅能自願擔任。因此，像我這種早就擔任過班級委員的母親，都知道會議將會拖拖拉拉，有人就會找放假在家的父親代理出席。

「通常都是同學年的兩名家長一組行動，交情好的媽媽要不要接下委員，當成畢業前的回憶呢？我在我家老大念大班時接過，製作紀念冊其實很開心喔。委員是除了老師以外唯一能看到全班小朋友留言的人，這是班級委員的特權。」

家長會副會長自豪地說起沒什麼甜頭的特權。如果喜歡手工藝，製作紀念冊或許很愉快，但在沒興趣的人眼中，拿色紙或緞帶裝飾百元商店的透明資料夾只是一種折磨。

「決定完人選大家才能離開，有沒有哪位大班的媽媽自願？」

擔任會計的幹部提高嗓門。大概是受到驚嚇，小班母親懷裡的嬰兒哇哇大哭。

「連嬰兒都累了。畢竟已鬼打牆三十分鐘啦。」

註：日本的幼保機構分爲托兒所與幼稚園，兩者招收年齡、一天托育時間或費用皆不同。托兒所時間較長且目的在於托育，幼稚園時間較短而目的在於教育。

另一名小班家長以一種怪罪的口氣說道。話語中的責備之意理應是針對在場還沒當過委員的人，但我這個大班家長聽著實在刺耳。在這個迴盪著嬰兒哭聲的教室裡，我僅是低著頭等待時間經過。

「我來接吧……」

一道畏畏縮縮的薄弱聲音突然傳入耳中，我不禁抬起頭。前方的位子有一隻細弱白皙的手舉起。指尖交互點綴著淺黃與水藍色，施加了頗具春意的指彩。我對那長達後背的淺褐色鬈髮有印象。

「小瞬媽媽，妳沒問題嗎？」

副會長雙眼圓睜，其他幹部也是相同的表情。好不容易有人毛遂自薦，大家卻毫無喜色，眉頭緊皺。

大象班鈴村瞬小弟弟的母親——鈴村友梨，跟我一樣，都是家裡有相差一歲、分別就讀中班與大班的學童家長。無論是瞬，或是小一歲的妹妹眞愛的班級，她都沒當過委員。但多數家長都知道，這是家庭因素不允許的緣故。

這一類的人若是勉強接任委員，只會徒增另一名委員的負擔，往後容易引發問題。幹部都很清楚這種風險。

「鈴村太太還得照顧母親吧？這樣好像會忙不過來？」

擔任會計的幹部有些難以啓齒地說道。

前年，友梨五十幾歲的母親中風，在後遺症的影響下臥病在床。友梨的雙親早已離異，沒有兄弟姊妹，因此她決定收留母親，安置在自宅照顧。據說她晚上在日式餐廳擔任外場人員，前往托兒所接送小孩的任務則交給丈夫，好不容易才擺平了工作、育兒與看護。

許多家長都很同情友梨，家有幼兒還得照護母親。聽說友梨才二十幾歲，推算起來應該比我小五、六歲左右。

包括今天這場家長會在內，友梨出席這類場合總會細心燙鬈一頭褐色長髮，也少不了厚重眼妝與時下流行的指彩。她原本就有一副立體的五官，外在形象非常招搖。有些人會認爲，她缺乏爲人母親的自覺，投以非難的眼光，不過，儘管我也覺得她有點格格不入，卻不願否定她這種行爲。我認爲像這樣享受打扮的樂趣，對年紀輕輕就吃了不少苦頭的友梨來說，是一種生活的調劑。

「很感謝妳自願，但要不要先跟家人商量，確定不會造成負擔比較好？」

副會長沉穩地回應，試圖說服她。沒想到，友梨毫不在意地擺擺手，回答「我家的問題解決了」。

「綠台那邊不是有新落成的護理之家嗎？未來家母會搬進去住。雖然不是馬上入住，院方告訴我，黃金週過後就能搬進去了。」

友梨一臉爽朗地說出這番話，現場緊繃的氣氛也和緩下來。

「如果是這樣，或許眞的可以麻煩妳。」副會長顯得如釋重負，與鄰座的會長交換眼神。「那就請大象班的鈴村太太擔任委員，沒問題吧？」

聽見會長的詢問，教室內的家長紛紛拍手。會議終於有所進展，氣氛也稍微輕鬆起來。

「接著剩熊熊班——對了，鈴村太太在熊熊班有比較要好的媽媽嗎？工作都是由兩人一組合作完成，建議妳找個朋友一起處理。」

擔任會計的幹部突如其來的提議，令正要好轉的氣氛急轉直下。包括我在內的熊熊班家長，都露出天打雷劈般的表情，面面相覷。

友梨怎麼可能會有要好的家長？她不負責接送子女，也沒當過班級委員，眞要說起來，我幾乎沒在托兒所見過她。我家的唯和舞雖然也就讀中班與大班，我與友梨卻只有在同樂會或運動會碰面時打過招呼。不過，瞬和眞愛常跟某些孩子玩耍，或許她與那些孩子的母親會互相聯絡——

「這樣的話，我想跟大野舞的媽媽搭檔。」

聽到友梨的發言，我不禁懷疑自己是不是聽錯了。

「我很少來托兒所，沒有熟人，但小舞媽媽跟我家一樣，小孩同年，而且老大和老二相差一歲。我們聊過這個話題。」

儘管她如此宣稱，我卻毫無印象。她大概把我和其他媽媽搞混了。只是，在這間托兒所裡，跟友梨的小孩同年，而且老大和老二相差一歲的只有我。拚命回想之下，我終於想起四年前在舞的入學典禮上，與友梨打過照面。

在我牽著兩歲的舞、抱著剛滿一歲的妹妹唯，辛辛苦苦爬著托兒所禮堂的階梯時，一名帶著年齡相仿的兄妹的母親進入我的視野。

「妳家孩子是不是相差一歲？我家也是，老大要入學。」

是我主動開啓話題。於是，我們在抵達禮堂前的短短時間內，邊爬樓梯邊聊了幾句。印象中，我似乎鼓勵過她：我們都很辛苦，一起加油吧。

僅僅如此。除此之外，我和友梨沒什麼像樣的對話。

「不好意思，前年舞念小班時，我當過班級委員了。」

在我茫然出神的時候，家長們的視線集中在我身上，我連忙向幹部告知這件事。總不能在這種情況下，說「我與鈴村太太不算親近」來婉拒。

聽了我的抗議，並排坐在教室前方的幹部互望一眼，低聲討論起來。就在我聽見那名大嗓門的會計說「就這麼辦吧」之後，會長直視著我宣布：

「雖然班級委員照例是一位家長輪一次，但不是硬性規定。實際上，之前也有當過兩次以上的家長，要是大野太太方便，希望妳能接下來。」

安撫著還在抽噎的嬰兒的母親，那張困擾的臉。握著手機的父親不耐煩的臉。同為熊熊班的家長們如釋重負的臉，全轉向我。

「好吧……熊熊班就由我負責。」

教室裡響起一陣格外響亮的拍手聲。鈴村友梨轉過頭來，笑容滿面地揮著手，擦了粉色唇蜜的水潤小嘴蠕動，說「請多多指教」。

二

「所以妳就接下來了？」

婆婆俊子在水槽放了一只篩網，眼明手快地將牛蒡削成薄片，錯愕地問。「詩穗，妳就是太心軟了，應該還有人沒當過班級委員吧——不過，那種人就是會厚著臉皮，拖到孩子畢業。」

婆婆邊嘆氣邊放下菜刀，開火在平底鍋注入麻油。等香氣在廚房飄散，隨即將滿籃牛蒡倒進平底鍋。

「不去除澀味更有營養，削成薄片熟得也快。切絲太麻煩了。」

我點頭同意她的建議，一邊加快握著削皮刀的手速，把紅蘿蔔削成薄片。婆婆拿著菜刀三兩下就削完了，笨手笨腳的我怎麼削，都削不出均勻的厚度。

「詩穗，謝謝妳。那個削好以後就去看看小舞吧，接下來只剩炒一炒。」

婆婆接過紅蘿蔔，倒入鍋裡，和牛蒡一起炒。拿料理筷攪散，油噴濺的悅耳聲響與蒸氣一齊冒出來。

「媽，眞是不好意思，每次都依賴妳。」

「別跟我客氣，反正我待在家裡也無聊。眞要說起來，我才覺得康之太依賴妳了。你們是雙薪家庭，夫妻都該承擔一半的家事和教育責任，他卻一點都派不上用場。」

婆婆甩著平底鍋，提高嗓門講起兒子的壞話，以免被又舊又吵的抽風機蓋過聲音。矮小又福態的婆婆在流理台前，總是穿著自備的白色日式圍裙，活脫脫就像個傳統日本母親，不過她對家庭的見解非常前衛。

在食品製造商工作的婆婆，本身也曾將孩子交給托兒所照顧，比起全職主婦的親生母親更明白我的心情，也更可靠。因此，五年前在唯出生時買下這二手獨棟住宅，由於丈夫康之的老家在徒步十五分鐘的距離內，我感到非常安心。當時婆婆還在上班，不過自從去年屆齡退休後，每週會像這樣造訪一次，幫我們準備一些可以放著吃的小菜。

「康之今天也會晚回家吧？」

「這個季節他好像都很忙，再加上他現在負責指導新進美術人員，弄得自己的工作都做不完。」

丈夫康之任職於爲超市或居家用品店製作廣告傳單的公司，負責美術設計。早春是旺季，平日難得在女兒就寢前回到家門。就算不是旺季，下班時間也很難配合前往托兒所接送，或是準備晚飯。

相較之下，我在車站前的內科診所擔任行政人員，離托兒所頗近，也不需要加班，因此接送小孩、採買與煮晚餐的工作都落在我的身上。丈夫雖然會趁上班前倒垃圾，或是假日開車陪我去採購，但實在說不上是夫妻各自分攤一半的家事與教養責任。

「我那個年代也是這樣，都怪企業保守僵化，辛苦的永遠是女人。我家那口子也是最近才學會自己煮咖哩。」

上週末，我們一家才享用過婆婆提到的咖哩。生性講究的公公退休前在製藥公司擔任研究員，他煮的香料咖哩口味道地又好吃，但舞和唯實在無法消受，於是婆婆幫姊妹倆加熱她另外準備的卡通人物款甜味咖哩包。

「那我就照例拿走我們家的份嘍。炒牛蒡絲只有大人的份加了七味粉。冬粉沙拉我們家不吃，都給你們吧。」

婆婆抬頭望向時鐘，將裝著炒牛蒡絲與燉雞翅的保鮮盒加蓋。我趁舞和唯收看傍晚動畫的時候摺起洗好的衣物，不知不覺就過了六點半。我連忙起身，將婆婆煮的小菜裝盤。

婆婆做的菜多是褐色又重口味，不過從小習慣這個味道的丈夫與孩子吃得開開心心，我也很想學習婆婆不到一小時就能完成三道菜的效率。放入點綴色彩的水煮青花菜與小番茄後，婆婆把保鮮盒收進紙袋，結束作業。

「謝謝媽總是幫我這麼多忙。舞、唯，快跟奶奶道謝。」

舞與唯轉過來，異口同聲說「謝謝奶奶」後，又回頭盯著電視。看著孫女們，婆婆露出欣喜的微笑。

「聽說小孩會相差一歲的時候，我還擔心妳照顧不來，不過像這樣穿姊妹裝坐在一塊，就跟雙胞胎一樣可愛。」

相同花色、不同尺寸的運動服與牛仔裙，是去年聖誕節婆婆分別送給她們的禮物。舞和唯的體型的確差不多，又大又圓的雙眼與一字眉也如出一轍，三不五時就會被誤認爲雙胞胎。

婆婆這句話讓我想起今天的家長會，不由得又陷入憂鬱。爲了驅散沉重的心情，我以開朗的聲音再次道謝，送婆婆到玄關。

友梨到底是抱持著什麼意圖指名我？

關上大門回到廚房，我回想起與友梨的對話。

「幸好小舞媽媽願意接手。妳都當第二次班級委員了，我真的很感激。」

友梨在家長會結束的同時衝過來找我，雙手在胸前交握，一副由衷開心的模樣向我道謝。然而，我的心境實在不容許自己坦率接受。在那種狀況下想拒絕才困難，根本是妳趕鴨子上架——儘管內心火大，我還是擠出笑容回答「小瞬媽媽這麼忙，我才要感謝妳」。

接任班級委員的家長留下來，聽幹部說明今後的預定行程。在名冊填上聯絡方式，趁幹部還沒開講的空檔看起發下來的全年行事曆時，我注意到友梨在遠離大家的地方，心神不寧地四下張望。我一出聲詢問，她露出如釋重負的表情。

「我很少來托兒所，不認識其他媽媽。不過有小舞媽媽陪我，我就放心了。記得妳在入學典禮上找我聊過，是個好人。」

聽著她毫無心眼的語氣，我也開始覺得事情就是這麼單純。畢竟我和友梨在那場入學典禮後，幾乎沒交談過，實在想不出她有什麼對我心懷惡意的理由。這樣看來，或許就像友梨說的，她只是覺得我比其他家長多了一些親近感。

東想西想的同時，我洗著用過的篩網與平底鍋，一回過神，電視已播起兒童動畫的片尾曲。我趕緊叫女兒洗手，拿出筷子、放上盤子，準備開飯。

繼續揣測下去也得不到結論，畢竟無從得知他人心裡的想法。我決定將友梨的話照單全收，她一定沒有其他說得出口的人選。她的時間都被工作與照護母親占據，自然抽不出空與家長們交際應酬。

我當過班級委員，算得上駕輕就熟。籌備畢業相關活動的確是種負擔，但既然已接下職務，我決定別再煩惱。等女兒上小學，仍得擔任家長會委員，現在吃點苦頭說不定以後會派上用場。

「來，吃飯嘍。要關電視了，妳們快點入座吧。」

我呼喚女兒。為了在未來一年盡量保持愉快的心情，完成班級委員的工作，我決定樂觀看待每一件事。

此後二個月左右，我幾乎沒跟友梨碰面。

說起來，托兒所不像幼稚園，家長之間很少交流，頂多會在接送時遇到其他家長。鈴村家通常是由父親來接送兄妹倆。

友梨的丈夫似乎在沒有服儀規定的地方工作，穿著總是偏休閒。他約莫是聽妻子提過班級委員的事，主動找我打招呼，說要麻煩我照顧友梨了。或許是想營造年輕的形象，他穿著鮮豔的橘色POLO衫，不過看起來比友梨年長一輪，半長不短又缺乏光澤的頭髮，在前額附近的陣地敗退不少。說不上是胖，唯獨小腹異常突出，也是顯老的原因。無論是眼睛或鼻子，五官平板，整體缺乏特徵，下巴突出說起話來咕咕噥噥，我再次疑惑友梨怎會跟這種人結婚。

家長會結束後，我和友梨用通訊軟體交換了聯絡方式。那天除了傳訊打招呼以外，我們沒有額外的對話，不過到了六月教學觀摩日的前一天晚上，她突然傳來訊息。

明天教學觀摩結束後，如果有空，要不要來我家玩？小瞬說一直想找朋友來家裡玩。我丈夫要上班，而我也想跟妳喝個下午茶。

教學觀摩是在星期六，丈夫預定在下午結束後回公司加班。聽說友梨的母親按照預定在黃金週後進入護理之家，她大概很久沒有找孩子的朋友到家裡玩了。

我詢問正要跟丈夫一起洗澡的舞「明天要不要去小瞬家玩」，她雙眼發亮直說好。妹妹唯也很興奮，期待能跟眞愛玩耍。

「班級委員要開會嗎？約在家裡好少見。」

捧著兩人份浴巾與睡衣的丈夫，訝異地揚起與女兒們如出一轍的一字眉。比我大兩歲的丈夫已年過三十五，不過他學生時代曾在游泳社鍛鍊，目前也保有假日上健身房的習慣，維持著與友梨丈夫截然不同的精壯身材。

「運動會還早，沒有特別要討論的事，應該只是單純的邀約。」

回答完丈夫的問題後，我叮嚀放聲歡呼的女兒時間不早了，得降低音量。

多數將孩子送到托兒所的家庭，平日爲工作奔波，假日往往會跟家人一起度過，很少會到朋友家拜訪。我至今招待友人到家裡的次數也寥寥可數，更沒受邀過。家長會那天的疙瘩隨著時間風化，友梨願意邀請我們，我純粹感到開心。這麼晚了不方便出門買伴手禮，不過明天在前往友梨家的路上再買就好。

謝謝妳的邀請，如果不會太麻煩妳，我很樂意。我跟舞說了，她非常高興。

一回覆訊息，友梨立刻回傳笑臉符號，以及一段訊息：太好了，眞期待明天。

然而，隔天前去參加教學觀摩時，竟有意想不到的事態等著我。

那天，我花了比平常更長的時間化妝，穿上方便行動的褲子配五分袖罩衫，匆匆忙忙幫舞和唯換上同款連身裙，與一身藍襯衫配卡其褲的丈夫在平常上學時間來到托兒所。向出來迎接的老師打過招呼，踏進玄關，只見早一步抵達的友梨與瞬兄妹正在脫鞋。

「小舞、小唯！今天是不是能一起玩？」

瞬的妹妹眞愛發現我們家女兒，出聲呼喚。她穿著熱門品牌的T恤配裙子，紮得高高的雙馬尾似乎請母親特別打理過，像螺旋一樣捲曲。一旁的友梨摸摸眞愛的頭，朝我們點頭致意。

「窩想玩扮演戰隊英雄的遊戲！」

前陣子剛掉乳牙的瞬，露出缺了門牙的笑容，如此宣言。他說「我」的聲調與眾不同，很有個人特色。瞬穿著與眞愛相同品牌的T恤，平常到校總是一頭亂髮，今天似乎抹了髮蠟，髮梢根根挺立。

硬要區分的話，瞬有一張與母親相似的立體五官，眞愛則長得像父親。面貌或許會隨著成長有所改變，不過目前我爲眞愛感到有點遺憾。

「咦？玩扮家家酒啦！」

舞和唯加入對話，孩子們熱烈討論起要玩什麼遊戲。在場的老師也感到欣慰，笑咪咪地望著孩子們。

「小瞬媽媽，今天要先謝謝妳。舞和唯從昨天就好期待。」

我拿出攜帶型拖鞋換上，再次向友梨道謝。她身穿有著飄逸寬袖的雪紡罩衫，搭配米白色及膝裙，一如往常妝容精緻。丈夫也跟著點頭致意，感謝她的招待。就在此時，友梨瞥了一眼孩子們，接著壓低聲音表示想跟我們談談。

「其實，今天早上我老公突然發燒，在家裡休息。」

聽她這麼說，我嚇了一跳。既然如此，她應該馬上傳訊息給我，但她可能忙著梳妝打扮，或幫瞬與眞愛做造型吧。

「這樣啊。眞是可惜，那下次再說吧。請妳老公多保重。」

我反射性地露出笑容回道。滿懷期待的孩子們大概會失望，但這種狀況也無可厚非。我判斷最好盡快通知女兒，準備呼喚在鞋櫃前與瞬兄妹打鬧的姊妹倆。

「啊，等等。我還沒跟他們說。」

我聽不懂友梨的意思，不禁疑惑地歪起頭。於是，友梨一臉歉疚地解釋起來。

「今天兄妹倆出門前都很期待能跟小舞她們玩，結果快到托兒所的時候，我老公打來說他發燒要請假，害我找不到機會告訴他們。」

說到這裡，友梨大大嘆了一口氣。雖然是突發狀況，她也該盡早通知我比較好吧？

「既然如此，來我們家吧？」

就在此時，在旁邊聽我們交談的丈夫吐出一個意外的提議。「嗄？」我反射性地低呼，

「不行啦，我完全沒有準備。」

「回家路上買點零食和果汁就行啦，妳看孩子們都這麼期待。」

我說的「準備」才不是這個意思！我差點這麼吼出來。丈夫從未自己邀請客人上門過，什麼都不懂。

由於今天早上是教學觀摩活動，家長與孩子都得梳妝打扮，我們拖到快遲到才出門，根本沒有時間整理家裡。早餐用過的餐具擱在流理台待洗，丈夫與女兒們脫下的睡衣也丟在沙發上。出發前一刻唯玩的積木，應該也還散落在地上。

加上我原本打算週末再打掃廁所，目前家裡呈現羞於見客的狀態。總之，就是不能邀請

客人。

我盡可能裝出愧疚的表情，正準備拒絕的時候，丈夫出聲叫住舞和唯，招招手把她們找過來。「今天小瞬爸爸發燒了，所以下次再去小瞬家，今天在我們家玩，好不好？」

「好啊！奶奶幫人家買了新的露米娃娃，可以借眞愛玩。」舞沒多想就接受，直奔小瞬兄妹身邊，宣布今天改成來我們家。只要能跟朋友一起玩，孩子們不在乎地點，純眞地歡呼，手舞足蹈。

「我下午還要去工作，不用在意我。只是家裡很亂，不好意思。」

丈夫對友梨露出連我也沒見過的客氣笑容，友善回應。友梨則是一臉困窘，望著我說：

「咦，這樣突然拜訪沒關係嗎？」

到現在妳才裝客套？我氣得雙頰發熱。

同爲女性，應該明白臨時造訪只會帶給對方困擾。友梨只要當下拒絕丈夫的邀請就沒事了，還不都要怪她沒表明態度兀自發呆，事情才會發展到這個地步。

儘管提議的是自己的丈夫，我再次遇上無從拒絕的狀況，只能硬著頭皮答應。跟選班級委員的時候一樣，爲什麼總是我？我懊惱得差點噴出淚來。

如果友梨盡快跟孩子說明……追根究柢，如果她沒邀請我們去作客，我就能處理完累積的家事，跟女兒三個人度過悠閒的下午。

「爲了不讓孩子們失望，就這麼辦吧。不過，能給我一點時間整理家裡嗎？」我奮力維持平靜的聲音，擠出微笑說道。「眞的可以嗎？」友梨裝模作樣地瞪大眼睛問。「嗯，當然。」我點點頭，無視將脫下的鞋子慢吞吞塞進塑膠袋裡的丈夫，逕自朝教室前進。

三

「妳說的那個鈴村太太眞是缺乏常識，康之也想得太輕鬆了——眞是對不起啊，詩穗。」

罪魁禍首是丈夫，我不確定該不該跟婆婆傻子抱怨。只是，我實在無法將這件事悶在心底，在婆婆如常上門煮配菜時，忍不出說了出來。要是向孩子就讀同一間托兒所的朋友吐露，就不會止於單純的抱怨，而是會變成散播友梨的壞話。這一點非避免不可。

教學觀摩結束已過三天，在那之後我跟丈夫沒說上幾句話。

那一天上午教學觀摩結束匆忙返家，我一踏進家門就以怒濤之勢打掃與整理環境。回程我在超市買了三明治餵舞和唯，自己卻抽不出空吃午餐。看到不經大腦的發言害妻子陷入這般窘境，丈夫應該也很尷尬吧。他沒吃午餐，就趕緊出門上班了。

「所以鈴村太太下午抵達，待到傍晚？」

「對，孩子們看起來很開心，這一點我是不介意。」

友梨帶著瞬與眞愛來訪，是在我正好掃完二樓廁所，把拋棄式地墊沖進馬桶裡的時候。我連忙洗手衝去開門，只見友梨提著連鎖甜甜圈店的盒子與白色紙袋，一臉過意不去地站在玄關。

「今天眞是對不起妳。明明是我開口邀請，給妳添麻煩了。」

「不會，舞她們也很期待可以一起玩。小瞬、眞愛，快進來吧。在玩之前要先洗手喔。」

瞬與眞愛略帶緊張地向我打聲招呼，接著仰望友梨，一邊將脫下的鞋子排放整齊，約莫是友梨事先叮嚀過。舞非常起勁，帶領兩人去洗手台洗手。

「你們家好乾淨啊。」友梨敬佩地環視玄關與走廊，下一秒唯就多此一舉爆我的料。
「媽媽剛才很努力打掃。」
「我們家租的房子破破爛爛，地板一堆刮痕，打掃完也不會這麼漂亮。」
「我們家是中古屋，地板和牆壁都整修過，但流理台的高度還是不適合，待一下就腰痛，只是我婆婆覺得剛剛好。」
「我懂。我們家流理台也很矮，眞希望能配合我們現代人的體格。」
友梨這個「現代人」的說法引人發噱，我不禁笑了出來。
剛剛心煩意亂地打掃室內，像這樣與友梨聊開之後，原本堅如鐵石的觀感也跟著鬆動。在腳踏台上挺直背脊，莫名認眞洗著手的瞬與眞愛的身影，在我眼中也顯得溫馨起來。
「我買了一些甜甜圈，不過可能等一下再拿出去比較好。小舞和小唯應該才吃完午餐吧？」
「謝謝……也對，等孩子們玩一陣子，肚子餓再端出來吧。」
我還沒吃飯，但也不能自己先開動。跟孩子們說明過後，他們四個決定玩扮家家酒，隨即在客廳旁的和室裡擺起各種道具。

「我們大人在這邊休息一下吧。小瞬媽媽，妳要喝咖啡還是紅茶？」

我請友梨坐在沙發，打開餐桌上的快煮壺開關。

「謝謝，那我喝咖啡好了。對了，這是我偷偷帶過來的，我們大人自己吃吧。」

友梨遞給我一個紙袋。白底的袋身上，以銀色曲線描繪出本地知名西點屋的商標。

「本來是爲了招待小舞媽媽買的。」

「謝謝，害妳破費了。這家的點心我每一種都很喜歡。」

從袋中拿出禮盒拆開，只見裡頭放滿數種該店十分受歡迎的美味糕點，有馬卡龍、費南雪、水果與堅果綜合磅蛋糕等等。光看就讓我飢腸轆轆。

「我不知道妳喜歡什麼，不小心買了一堆，吃不完的妳就跟老公分享吧。」

爲了款待預定造訪的我，友梨特地準備了這種厚禮。

行程突然生變，並不是友梨的錯，我卻處處挑剔，把一切怪罪到她的身上，忿忿不平。

虧我年紀比她大，卻完全沒考慮到對方的立場，實在丟臉。於是，我不禁心生愧疚。

正因如此，接下來友梨笑嘻嘻說出的話才令我驚愕。

「我老公也眞是的，怎會在這種時候發燒。而且，他上午去看醫生，發現是流感。哪有人會在六月得流感？」

「咦……什麼？」

我的心臟發出巨響，一時之間沒有接話。好幾個想法在腦中盤旋，呼吸變得急促。友梨的丈夫是因流感而發燒。一般的流行期是冬季，偶爾也有夏季的病例。流感與普通感冒不同，傳染力很強，身為家人的友梨與瞬兄妹可能也已感染。

我的目光移向在隔壁房間玩辦家家酒的孩子們。扮演媽媽的舞，向扮演爸爸的瞬遞出小小的飯碗。眞愛和唯則是臉貼著臉，專心拿著塑膠菜刀，切起用魔鬼氈接合的胡蘿蔔與南瓜玩具。

即使目前沒有發燒，也無法鬆一口氣。流感在發病前的潛伏期也具傳染力，這項事實或許不算廣為人知，但對任職於醫療機構的我而言是常識。換成是我，在確定家人得了流感的當下，絕不會出門拜訪有小孩的人家。

「把妳老公留在家裡沒關係嗎？是不是該早點回去？」

我將兩人份的咖啡置於茶几，在友梨坐著的沙發斜對角處的凳子落坐。我努力掩飾差點變得僵硬的表情，愼選措辭這麼提議。我實在不敢直說，拜託別把病毒傳染給我們家的孩子。

「沒關係啦，他又不是小朋友。我出門前幫他煮好稀飯。他說吃了醫院開的藥，應該馬上就會退燒。」

除非表明要她回去，她絕不可能體察我的心情。友梨沒想過其他家人可能已感染。一想到她沒有惡意，只是爲了讓孩子開心才來訪，我實在無法開口。

「比起這個，我一直很期待今天能和小舞媽媽聊天。我跟其他媽媽熟不起來，同事又是一群阿姨，想和同世代的人聊天很久了。」

友梨像是要說悄悄話，探出身子，將臉湊近我，以銀鈴般嗓音如此告白。混合化妝品與咖啡的氣味竄入鼻腔，引起我一陣噁心。

此後直到傍晚，友梨滔滔不絕地說著照護母親多麼辛苦，在日式餐廳擔任服務人員壓力何等巨大，以及有關育兒的不滿。

然而，想到這段期間女兒和自己或許已感染病毒，我一顆心七上八下，幾乎不記得她這串血淚史的內容，難得的名店甜點也沒有心力細細品嘗。

「於是，晚上我跟回到家的康之說起流感的事，他卻完全無法理解。」

劈里啪啦抱怨完友梨在教學觀摩日的所作所爲，我把留下來沒給丈夫吃的杏仁瑪德蓮端給婆婆，嘆了一口氣。

那天晚上，我向假日加班完回到家的丈夫，報告友梨丈夫得流感的事。見我氣憤地怪罪友梨，不該在這種狀況下造訪有小孩的家庭，丈夫一臉不解地歪起頭。

「我從沒聽說家人得流感，就不能去拜訪別人。病人開始發燒才會傳染吧？」

「流感病毒在發病前一天就會開始排放，可能傳染給別人，你連這種事都不知道？」

我很不耐煩，不禁話中帶刺，於是丈夫賭氣起來。他說我平常就愛對別人強加自己的觀點，最後我們大吵一架。在那之後，我們冷戰至今。

「過了三天都沒有症狀，看來沒被傳染，但我絕對不會在那種狀態下拜訪有年幼孩子的家庭。媽，妳怎麼看？」

「我如果知道，應該不會去。」

婆婆拆開瑪德蓮的包裝，一口咬下小巧的貝殼型蛋糕。杏仁與奶油的香味飄了過來。

「只是，我也不知道流感患者在發燒前就會傳染給別人。對妳來說這可能是常識，但與其發脾氣，好好解釋就行了。到頭來，妳還是讓小舞她們繼續玩下去，不是嗎？」

婆婆似乎有些傻眼，說完啜了一口茶。在此之前的同情態度豹變，她冷冷丟出這句話，我擱在桌上的手瞬間失去了溫度，鼻腔感到一股酸意。爲什麼挨罵的人是我？

「這次幸好沒被傳染，但保護小舞和小唯是妳的責任吧？身爲人母，妳必須更有擔當，好嗎？」

婆婆約莫也發現我的神色黯淡下來。她的本意應該是想爲我打氣，我卻覺得像遭指責不適任。

「對了，晚餐前吃太多零食，會吃不下正餐，我差不多該回去了。」

婆婆說幾句話緩和氣氛，接著站起身。跟舞與唯一起來到門口，目送一如往常帶著保鮮盒配菜的婆婆離去後，我坐在餐廳的椅子上，好一陣子沒有移動。

其實，除了流感以外，我還有一件事情想告訴婆婆，但後來氣氛不適合提起。

我將手肘撐在桌上，茫然望著只喝了一半的茶杯，想起三天前友梨說的話。

那天聊完小孩只差一歲有多難照顧，友梨從點心盒拿出紫色的黑醋栗馬卡龍，沒頭沒腦地問：

「小舞媽媽，當小舞還是個小嬰兒，妳發現自己懷了小唯時，是怎麼想的？」

她把玩著螺旋狀的髮尾，一副若無其事的模樣。

「我覺得只差一歲帶起來會很累，但也只能努力了。」

聽到我這麼回答，友梨笑嘻嘻地說：

「就是啊，畢竟也不能墮掉嘛。」

四

友梨說得其實沒錯，語氣也感覺不出別有深意，在我看來，就是單純想到什麼說什麼。然而，我就是不明白，她為何要在那個狀況下說這種話，不禁覺得她十分異常。

我想向別人傾訴這樣的心情。凡事漫不經心的丈夫想必無法理解，到頭來也沒跟婆婆提起。想到只有我一個人覺得友梨的所作所為不對勁，我就好害怕。

大概是母親入住護理之家後，終於抽得出空，這陣子友梨來托兒所接送的次數增加了，我們碰面的機會也比過去還要多。早上我送完孩子就得立刻去上班，頂多只能打聲招呼。但來接孩子時，舞和唯開始表現出想跟瞬兄妹一起玩的態度。

大部分的父親都是接到孩子馬上回家，但友梨總會讓瞬和眞愛在托兒所庭院玩一會。這家托兒所的家長接送時間是從下午四點到晚上七點，來到太陽晚下山的季節後，就能讓孩子玩到六點左右。

下班後我一如往常在五點半左右去接女兒，她們通常會跟瞬與眞愛一起玩院子裡的輪胎鞦韆或溜滑梯。自從兄妹倆來過家裡，孩子們變得親密許多，舞和唯看到兩人就會要求多玩一陣子，把書包丟給我就衝過去。

坦白說，我想盡快去添購晚餐材料回家，只是舞和唯一跑去玩，很難找到喊停的時機，最後我還是抱著書包，守望著孩子們。這段期間，我被迫陪同樣放任孩子玩耍的友梨聊天。

多次交談後，我得知一件事。除了家裡有同齡且相差一歲的兩個孩子以外，我和她幾乎沒有共通之處。

我生長於目前居住的橫濱，在東京都內的大學結識同鄉的丈夫，並步入禮堂，友梨的故鄉則是位於北關東的鄰近漁港的小鎭。十來歲時，她跟鄰縣出身的丈夫在打工的卡拉ＯＫ店認識，最後結爲連理。她說丈夫目前在電信公司的客服中心工作。這陣子她似乎沉迷於手機遊戲，跟我聊天的時候也常常拿出手機來玩。

「我固定玩三個益智類、四個養成類遊戲。假日我常常從早上開始玩，回過神往往都下午了。」

我試圖尋找共通話題，提出最近流行的連續劇試探，她說忙著打遊戲，不太看電視。

「我們全家都喜歡玩遊戲，電視螢幕幾乎都用來打電動。小瞬會狂玩到睡覺前，如今都比我老公強了。」

聽到友梨得意洋洋地這麼說，我暗自覺得教學觀摩那天沒去他們家或許是好事。托兒所到了大班，許多孩子擁有掌上型遊戲機，但經過我的考量，決定盡量延緩讓女兒們接觸電動遊戲。

每個家庭有不同的教育方針，跟我家不一樣，絕非大不了的事。然而，友梨三不五時拋出不經大腦的發言，我實在無法不介意。

「小舞爸爸瘦歸瘦，卻很有肌肉。你們現在也會一起睡嗎？」

聊到哄孩子睡覺時，她突然問起這種事。或許很給我丈夫面子，可是我不想跟她談論夫妻之間的隱私。「我老公自己睡另一間，誰教他打呼很吵，老人味又重。」正當我猶豫著該怎麼回答，她就自爆起我並不想知道的瑣事。

「對了，小舞有沒有什麼疾病或障礙啊？」

某天，她突然沒頭沒腦地問，嚇了我一跳。我反問她爲什麼會在意起這一點。

「聽說我小叔的孩子有發展障礙。明明看起來十分健康正常，照樣算是有障礙。所以，我想看似正常的小孩，說不定其實也有問題。」

她的態度沒有一絲歉疚，感覺只是有點好奇，隨口問問。

「至少健檢沒檢查出問題。」

我一邊回答，一邊心想友梨似乎跟常人不太一樣。

極少跟同齡家長來往的友梨，不太擅長拿捏與人相處的距離。加上她習慣直話直說，常讓對方啞口無言。

儘管我與友梨在與人相處的距離、遣詞用字、興趣與教養方針上大相徑庭，但她絕不是壞人。

友梨從沒說過別人的壞話，在眞愛鬧脾氣不肯把盪鞦韆讓給其他孩子時，也會立刻斥責。七月，舞過生日，她說瞬吵著要送禮，所以母子一起作了手工巧克力。第一次在生日收到朋友禮物的舞非常感激，說要在瞬的生日親手烤餅乾回禮，認眞研究從托兒所借來的蛋糕店繪本。

從華麗的打扮看不出友梨喜歡製作點心或小玩意，也對製作畢業紀念冊充滿期待。我的雙手不太靈巧，跟友梨一起擔任班級委員或許算是幸運。

除此之外，友梨一有空檔，就會去安養中心探望母親。

「在床上躺久了，腦袋會變得不清楚。她現在幾乎聽不懂我在講什麼，但只要我去探望，她就會開心，食慾也會變好。昨天她還吃了兩份水羊羹。」

捲起白色亞麻襯衫的袖子，推著坐在鞦韆上的唯，友梨喜孜孜地這麼說。就算在家照護吃了不少苦頭，她還是很孝順母親。

儘管時間不長，這樣天天閒聊，我和友梨逐漸熟悉起來，我也會聊自己的事，或是彼此共通的話題。像是小孩相差一歲，小的對大的會有強烈的對抗心態，或是二寶還小的時候出門得費多大的勁。

偶爾，我也會向她吐露一些無法對丈夫發的牢騷，比如婆婆煮的小菜口味重得我受不了。

兩家的孩子感情益發融洽。托兒所的老師還笑嘻嘻地告訴我，舞和瞬會去對方的教室玩耍，宛如一對小情侶。

事情發生在我漸漸瞭解友梨的人品，與跟她的相處之道的時候。

八月即將結束的某天，舞帶著家長會的通知單回來。據說是要召集全體班級委員，分配十月舉辦的運動會工作，時間是在九月中旬的星期六，那天友梨要排班。

「只是分配工作，其中一人出席就行了。上次我當班級委員時，也有很多人缺席。」

我以這句話阻止打算特地換班出席的友梨，在分配工作的日子把舞和唯交給丈夫，我獨自出席。幹部宣布的運動會活動項目，包括以學年分組的團康活動和賽跑，投球、拔河、親子攜手的障礙賽跑，最後是接力賽，跟去年大致相同。

我們還得爲自己的小孩加油。爲了避免大班和中班同時進行不同的競賽，我主動接下小班團康活動、祖父輩的投球比賽，以及小小班的親子競賽負責人。工作分配順利結束，我在當天傳訊向友梨報告結果，她立刻回訊「收到，謝謝妳抽空出席」。

友梨來訊表示想上門拜訪，是在隔週的星期五。

之前妳代替我出席分配工作的會議，眞是幫了大忙。我老公去九州出差，想拿土產給妳。明天妳在家嗎？我不會進屋裡。

她大概是想答謝我獨自出席會議。友梨很講究禮數，之前我借她手帕之類的小東西，她也會特地回贈手工皀。

雖然感激她爲了這種小事費心，卻也有點懶得理會這個臨時的請求，因爲我明天下午已預約了髮廊。

謝謝妳。明天上午我在家，但下午有事要出門，大概傍晚回來。要是不方便，可以改天嗎？

當時我在煮晚餐，匆忙中擠出的文字看起來很冷淡，卻是立刻回覆。友梨大概還在上班，過了兩小時終於回訊。

抱歉，我到妳那邊大概下午三點左右，如果妳不在家，我可以拿給小舞爸爸嗎？

我不禁皺起眉頭。我覺得訊息中已暗示希望改天，遲鈍的友梨似乎沒看懂。在晚上最忙的時段，爲了這件事來來回回傳訊，也讓我感到煩躁。

「老公，你明天下午三點左右可不可以待在家裡？鈴村太太說要拿九州的土產過來，但我要去做頭髮。」

我向難得早歸、坐在沙發上與女兒一同看電視的丈夫問道。

「可以，反正我本來就要跟舞和唯一起看家。」

徵得丈夫的同意，我回覆「沒問題，謝謝妳特地跑一趟」。友梨回傳了一個小女孩鞠躬的表情符號。

隔天，我又是洗衣又是吸地板，從早上就在消化累積的家事。弄好全家人的炒飯、迅速解決午餐後，姑且掃了大門周圍才出發前往髮廊。我與女兒在運動會親子競賽的身影將會收入影片，我想修齊頭髮，順便補染漸漸褪回黑色的髮梢。

修剪並染完頭髮，抵達家門恰恰是在下午四點左右。當我推開玄關大門，一雙整整齊齊擺在落塵區的小巧穆勒鞋映入眼中。在這雙鞋旁邊，還有兩雙同樣擺得整整齊齊、不屬於女兒的兒童涼鞋。

我感覺胃抽了一下，握著門把的手不禁使勁。二樓傳來孩童興奮的喧鬧聲，以及乒乒乓乓跳上跳下的聲響。

「你們安靜一點！」

客廳傳來友梨的聲音，態度彷彿在自己家裡斥責孩子。血液逐漸流向麻痺的腦袋，我的怒火不停攀升。

她爲什麼趁我出門的時候踏進我們家？她先前傳訊說不會進門，就算我丈夫請她進來，按理女主人不在就該婉拒。

丈夫也很沒常識，或許是拿人手軟。即使如此，在我外出的期間，放小孩的朋友進來就算了，怎麼能連對方的母親都邀請？

雖然我上午吸過地板，手洗的針織衫與開襟外套還平攤在客廳等待晾乾，餐廳桌上擺著午餐後喝的瘦身飲品空瓶沒收，瓶子上寫著「抑制脂肪與糖的吸收」。上午網購的食物送達，裝著水、米與蔬菜的箱子都堆在傳眞機旁邊。

讓訪客目睹家裡這副光景，我大受打擊，連鞋子都沒脫，愣在原地，努力回想有什麼沒整理到的地方。這時，有人推開客廳的玻璃門，熟悉的聲音傳入耳中。

「詩穗，妳回來啦。不好意思，臨時來訪。我家那口子去打高爾夫球，我閒來無事就跑來看小舞，剛好碰到鈴村太太上門。」

婆婆按住門，滿臉笑容地望著我。身穿無袖及膝黑色洋裝的友梨，從她身後冒出，露出過意不去的表情，合掌說道：

「抱歉，小舞媽媽。妳婆婆請瞬和眞愛留下來吃冰，小朋友就玩起來了。」

「畢竟天氣熱成這樣，在外面吃馬上就融化了。再說是我買太多，大家一起消耗才是幫了我的忙，畢竟冷凍庫都塞不下嘍。」

婆婆拿著餐桌上沒收拾的電器行廣告團扇，對著臉猛搧，笑得十分開心。

「喂，水燒開了。」

丈夫溫吞的聲音，從客廳敞開的門傳出。

「我們正要泡茶。鈴村太太送了長崎蛋糕，妳也要吃吧？」

「是啊。」我勉強擠出笑容，脫下因不常穿而感覺太緊的包頭跟鞋，安置在遠離友梨的穆勒鞋的地方。

「咦，看起來沒什麼變，妳今天只有染頭髮嗎？」

一踏進客廳，丈夫從廚房探出頭，丟出這句沒神經的疑問。我叮囑過要他在友梨來訪之前換衣服，他大概沒聽進耳裡，照樣穿著T恤和短褲。「我請設計師不要動長度。」冷冷回完丈夫，我將餐桌上的瘦身飲品空瓶收到角落。

「剩下的我來，你去坐著吧。」

丈夫認不出客用茶杯，不知所措地站在櫥櫃前，我把他趕回客廳，準備泡紅茶。位於廚房正上方的兒童房，再次傳來乒乒乓乓的聲響。

之後，婆婆與友梨親子一直待到黃昏時分。

「超市整箱冰棒打對折，我想買給小舞和小唯吃，回過神來已買了三盒。我可能熱昏頭了吧，上了年紀眞傷腦筋。」

或許是難得有訪客，婆婆頗興奮，笑著提起好幾次自己出的糗。友梨安慰婆婆，說自己的母親也出過這種錯。「這麼說來，鈴村太太照顧媽媽很久了吧？」話題就這麼轉到友梨身上，聽了一遍諸如餵食與協助入浴的居家照護血淚史，婆婆大大稱讚友梨年紀輕輕卻很了不起，是這年頭少見的好女兒。

在房間玩膩的孩子們，來到客廳，玩起扮演戰隊英雄的遊戲，變得更加吵鬧。爲了保護舞扮演的女主角粉紅色隊員，瞬與擔任反派的妹妹戰鬥。婆婆笑著誇兩人十分登對。

「小瞬好帥，就把小舞許配給他吧？」

她笑嘻嘻地說出這句話，我不知道該怎麼回答，友梨附和：「瞬最喜歡小舞了，等他們長大，請務必這麼辦。」

我不禁望向丈夫。不曉得是不是沒聽到前面的對話，他剝著長崎蛋糕的墊紙，呆頭呆腦地碎念：「我們家要是也生男孩，該有多開心。」

到了五點半左右，婆婆終於起身，打算回家煮晚餐。友梨跟著表示該告辭了，吩咐瞬兄妹收拾玩具。

送走婆婆，正當瞬與眞愛準備回家，發生了意外狀況。

去了廁所的眞愛遲遲沒出來。瞬已穿上涼鞋，丈夫、舞和唯也都在玄關等著送三人離開。友梨敲門問眞愛怎麼了，啜泣聲隨即從廁所傳出。友梨皺起眉頭，低聲說：「抱歉，她可能闖禍了。」

「妳快開門。」友梨強硬地命令，再次敲門，於是門緩緩開啓。只見廁所地板上堆著一大團沾濕結塊的衛生紙，眞愛雙眼通紅通，在一旁低著頭。

「眞愛只要玩瘋了，偶爾上廁所就會控制不住。眞的很抱歉，我馬上清理。」

友梨熟練地抽出大量的衛生紙，蹲著擦起濕淋淋的地板。勻稱白皙的小腿肚從洋裝裙襬下露出。儘管在這種狀況下不能怪她，但她彷彿在自家的態度令我感到煩躁。

「眞愛，過來這邊。唯的衣服借妳穿，我們去樓上換衣服。」

我朝動也不動地站在友梨身邊的眞愛招手。「不用啦，這怎麼好意思。」友梨開口謝絕。雖然夏天不怕感冒，但我不忍心讓孩子穿著髒衣服回家。我請友梨不要介意，牽起走出廁所的眞愛的手。

「對不起，謝謝阿姨。」眞愛害臊地道謝，與我一起走向樓梯。她的腳似乎還是濕的，踩過的地方都留下一點一點的腳印。看到這樣的情形，我不禁厭惡起臭著臉的自己。再怎麼對友梨感到不耐煩，年僅五歲的眞愛失禁，我就大發脾氣，實在太丟臉了。畢竟最可憐的人是眞愛啊。

我拿出唯未拆封的新內褲，盡量挑一件可愛的裙子幫眞愛換上。帶眞愛下樓時，洗手台那邊傳來水聲，應該是友梨在洗手。我想把裝著髒衣服的塑膠袋交給她，便推開洗手間的拉門。

「啊，小舞媽媽，謝謝妳。我來洗這個。」

友梨轉身看著我，手邊透出熟悉的綠色格紋。那是鋪在廁所的地墊。

「墊子也弄髒了，我馬上洗乾淨。我隨手拿了放在這邊的洗衣精。真的很抱歉，要是我早點叫真愛出來就好了——」

「別洗了！」

出乎意料的大音量，我自己也嚇了一跳，心跳加速。友梨吃驚地望著我。

「用不著做這麼多，我不喜歡別人碰東碰西。」

說著說著，我淚都快掉下來了。為什麼會對友梨這麼生氣？我自己也莫名其妙。無法控制情緒，我感到不知所措。

「好，抱歉我沒先問。那我就弄到這邊，可以嗎？」

友梨總算發現我情緒激動，看到我點頭，隨即停止清洗地墊，洗完手就走向玄關。

讓友梨進家門的是婆婆，真愛失禁也是無法控制的事。友梨本身一點也沒錯，我卻氣昏頭朝她大吼，這令我困惑，也令我產生強烈的自我厭惡。我拖著沉重的腳步前往玄關，試圖擠出笑容送他們離開。不料，事情還沒結束。

友梨催促著孩子，一邊將腳套進穆勒鞋。此時，陪舞和唯一起送客的丈夫，若有所思地開口：

「鈴村太太住在哪邊？」

「我家跟這邊隔著托兒所，位於反方向。沿著車站前的公車道直走，杜鵑花坡道上面那邊。」

大概是顧慮到我，友梨歸心似箭，飛快答完。丈夫聽了以後，老樣子露出客套的笑容，點點頭。

「果然滿遠的，小朋友走回去會很累吧？我開車送你們。」

為何現在要說這種話？我的淚水差點奪眶而出，不由得低下臉。聽到丈夫匆促的提議，友梨連忙回答：「不用麻煩了。」

「天差不多要黑了，帶著兩個小朋友走夜路很危險。再說距離這麼遠，附近的車輛又開得快。我的車有兩個兒童安全座椅，別擔心。」

我垂下視線，瞥見丈夫伸手取下掛在牆上的車鑰匙。

「啤酒剛好快喝完了，我本來就想在晚餐前出門添購。老婆，我可以送鈴村太太他們回去吧？」

讓友梨搭丈夫開的車，令我厭煩到無可忍耐的程度。但最令我感到厭煩的，是有這種想法的自己。

外頭天色的確逐漸昏暗，要走到大馬路，沿途不僅人行道狹窄，而且車流量大，帶著孩子回家想必很辛苦。我擠出笑容，抬起臉。

「好，就這麼辦吧。小瞬媽媽，這樣我們比較放心，妳儘管搭他的車。老公，路上小心。」

「咦，我也想送小瞬他們回家！」

「沒辦法，兒童安全座椅只有兩個。」

丈夫露出苦笑，摸摸舞的頭，接著催促友梨動身。「哇，好棒！」瞬與眞愛則單純地爲突如其來的兜風提議感到開心。

「小舞媽媽，眞的很抱歉。假日打擾這麼久，還鬧出一堆意外。我就跟妳借一下老公嘍。」

對於丈夫的一番好意，友梨露出有些困窘的笑容，那句「跟妳借一下老公」再度點燃我肚子裡的一股悶火，只能拚命按捺。我站在玄關門口，跟無法一起送行而一臉不滿的舞與唯，目送友梨一行人離開後，像是要刷掉內心的污泥似地洗著友梨和婆婆用過的杯子，準備煮晚餐。

費時約莫三十分鐘，薑燒豬肉配高麗菜絲這道簡單的菜色完成了。餓著肚子的舞與唯開始躁動，直嚷著「爸爸可不可以快點回來」。

儘管這段路程開車來回不用半小時，而且丈夫說要順路去買啤酒，但保險起見，我仍用手機傳訊通知他晚餐煮好了。大概還在開車，他沒有回應。又過三十分鐘，依然毫無音訊，打去也沒人接，我只好先讓女兒開飯。

那天，丈夫過了晚上八點才回到家。

五

「今天你也會晚回家嗎？」

我幫唯綁著麻花辮，一邊詢問換上襯衫、在洗手台前使用電動刮鬍刀的丈夫。「呃，對。」丈夫露出黯淡的眼神，透過鏡子看著我，含糊答道。

從友梨親子來訪的那個週末起，到今天正好是第六天。自那天以來，丈夫就一副心事重重的樣子，話也變少了。來到新的一週，他宣稱臨時接到大案子，幾乎天天加班。

「明天是假日，你不用出勤吧？晚餐我們要幾點出門？」

這件事之前提過好幾次，丈夫應該記得，但保險起見，我還是確認一下。沒想到，丈夫露出驚慌的表情。

「對不起，我有點事，不得不去公司一趟。」

他忘了。比起憤怒，悲傷倒是先湧上心頭。明天星期六，是我的生日。

若是在家吃大餐，不管是準備或善後都非常麻煩，因此我早就告訴丈夫那天要外出用餐。成員包括舞和唯，去不了多高級的餐廳，但很久沒去速食店和家庭餐廳以外的地方用餐，我非常期待。我在美食評論網站上找到一家歡迎兒童的義式餐廳，早早就訂好位子。

「不過，我一定會準時回來。妳訂幾點的位子？」

丈夫關掉刮鬍刀轉向我，緊張地問道。

「六點半。可是要帶舞和唯，我怕出狀況，想早點出門。」

我按捺心中的不快回答，丈夫點點頭說：「知道了，我會盡快趕回來。」接著，他又轉向鏡子。微微聳起肩膀的背影，讓我有種被拒絕的感覺。

那晚送友梨一行人回家的丈夫，明顯不太對勁。

問他爲什麼會弄到這麼晚，他說找不到喜歡的啤酒牌子，跑了好幾家店。丈夫買回來的是稀鬆平常的氣泡酒，視線又不安地在空中游移，我看出他在說謊。

隔週的星期一早上，或許是送女兒到校的時間錯開了，我沒遇到友梨。但下班去接小孩的時候，我撞見友梨牽著瞬與眞愛的手，剛要踏出玄關。

友梨穿深藍色V領上衣配白色開襟外套，認出我的瞬間，神情緊張起來。她擠出笑容掩飾，朝我招手。

「前天謝謝妳，孩子們都玩得很開心，還麻煩妳老公跑一趟。啊，這是跟小唯借的衣服。非常抱歉，給妳添了麻煩。」

說著，友梨將裝有洗淨衣物的袋子交給我。平常她總會讓孩子在院子玩一陣子再離開，今天卻打算直奔大門。瞬與眞愛似乎也十分困惑。

「今天妳不讓孩子玩一下嗎？」

「是啊。差不多要到天黑得早的季節了。」

友梨飛快說完，拉著兄妹倆的手就要動身。眞愛一臉不服，氣呼呼地說還想跟唯一起玩。

朝玄關前進的途中，我轉身望向匆忙離去的友梨。

「我想請問一下，前天我丈夫怎會那麼晚回家？」

友梨的肩頭顫抖了一下。她停步望向我，表情有點心虛。

「我們聊遊戲聊得太開心，車子不小心開過頭了。大概是因爲這樣，對不起。」

聽了友梨的說詞，瞬詫異地歪著頭，於是我斷定這是她捏造的，也確定丈夫撒了謊。

「那麼，明天見。瞬，跟小舞她們說掰掰吧。」

友梨催促孩子，接著露出僵硬的笑容，向我點個頭，不自然地快步離去。

丈夫送友梨親子回家時，難道發生了什麼事嗎？友梨和丈夫想隱瞞的，是不能跟我透露的事嗎？看丈夫的態度，我懷疑是非常糟糕的狀況。

那會是什麼狀況？我一點頭緒也沒有。

直覺告訴我，友梨與丈夫之間可能出了亂子。然而，瞬和眞愛坐在同一輛車上，兩人不可能這麼做。那樣的話，還有什麼其他的可能性？

之後我苦惱許久，到頭來唯有詢問兩人，才能得知眞相。只是，友梨想必不會坦白。就算想問丈夫，看著他心事重重的樣子，我也怕得不敢問。

「我差不多該出門了，別忘了鎖門和丟垃圾。」

我朝在刮鬍子的丈夫背影大喊，催促唯來到門口。舞已換好鞋子，面向鞋櫃門上的鏡子，檢查今天的裝扮。最近她開始會有這些像小大人的舉動。

「媽媽，明天能吃到漢堡排嗎？」

聽到我與丈夫對話的唯，黏著運動鞋上的魔鬼氈，露出興奮又期待的表情詢問。「不知道，但應該有披薩。」我這麼回答，打開大門，牽起舞和唯的手。

那天，送友梨回家的路上發生什麼事？丈夫與友梨隱瞞了什麼？

想破頭也不會知道，但這次我不能就此罷休。

傳來兩隻小手回握的觸感，我深深覺得自己必須守護這個脆弱卻寶貴的日常。

「不好意思，我可以進一下教室嗎？舞說她的白色粉蠟筆斷掉了。」

我詢問在托兒所玄關接待家長的老師，並從包包拿出全新的白色粉蠟筆。

「這樣啊，先交給我吧。」

「沒關係，老師很忙吧。而且，這上面還沒寫名字。」

我婉謝老師的好意，跟舞一起前往熊熊班的教室。換上新的粉蠟筆後，我窺探隔壁大象班的教室。不認得我的孩童，跑來問我是誰的媽媽。

「小瞬，早安。」

瞬在教室前方與其他男孩架起電車軌道玩耍，我出聲呼喚。

「小舞媽媽，怎麼了？」

瞬訝異地站起，朝我跑過來。

「上次謝謝你來我們家玩，舞和唯都很開心。」

我蹲在瞬的面前，與他的視線平行，致上謝意。「窩也很開心。」瞬一如往常，以奇特的語調回應，露出害臊的笑容。

「我們家爸爸也說，開車時聊遊戲聊得很開心。」

「咦，窩們有講到遊戲嗎？」

瞬露出與先前一模一樣的詫異表情。

「是喔，那大概不是聊遊戲吧。我們家爸爸說了什麼？」

我拋出問題，注視著瞬。大概是我的臉變得猙獰，瞬露出像是挨罵時的僵硬表情，連忙告訴我：

「那可能是小舞爸爸和我媽媽下車時聊到的。他們叫窩和眞愛在車上等。等了好久都沒回來，眞愛還哭了。」

聽完瞬的告白，我向老師打個招呼，離開托兒所。前往職場的路上，我回想至今與友梨之間發生過的事。

上週友梨來家裡作客之前，她和我丈夫幾乎沒有交集。這樣的兩個人可能突然變成交情匪淺的關係嗎？正常來說，友梨身爲人母，怎麼可能把孩子丟在車裡去偷情？

要是友梨的目的不在於丈夫，而是想折磨我呢？

這麼一來，打從春季的家長會上，友梨指名我擔任班級委員，或許就是一切的開端。截至目前爲止，我都告訴自己友梨的言行沒有惡意，但若是選班級委員、丈夫得流感還來家裡作客，還有天天拉著歸心似箭的我，等待孩子們在托兒所的院子玩耍，這些全出於惡意呢——

再怎麼感到不快，找別人訴苦，對方也只會反駁我友梨沒有惡意，或是在意這種事很小心眼，不會同情我。

上週的事也一樣，我沒有證據能證明，她跟我丈夫之間有曖昧。大家想必都會認爲，帶著孩子不可能出軌，一笑置之。

搞不好，我已落入僞裝成天眞無邪的駭人陷阱中。果眞如此，爲什麼要選擇我？我和友梨只是家裡有同齡的兩個孩子，在托兒所沒什麼交集，更沒說過幾句話。

友梨丈夫唐突的告白，解答了我的疑問。

傍晚，我去托兒所迎接舞和唯，見到友梨的丈夫難得來接瞬和眞愛。或許是因爲友梨不在，瞬把握大好機會衝到院子，眞愛緊跟在後。舞和唯也說要稍微玩一下，把書包丟給我，衝了過去。

「謝謝你們家小朋友，平常總會陪瞬和眞愛玩。」

友梨的丈夫晃動突出的大肚腩，拿著兩人的書包來到院子。他站在我的身邊，向我頷首致意。他告訴我，友梨今天去探望母親。

他的膚色蒼白，似乎極少出門，從短袖T恤露出的手臂，與軀幹相比，顯得異常細瘦，宛如繪本裡的蛋頭人。我暗自這麼想，察覺他正盯著我，便移開視線。

「不會，我才要感謝你們家的孩子。小瞬會照顧眞愛，實在是個好哥哥。我們家兩個孩子也差一歲，卻老是吵架。」

我望向孩子們，向他致謝。沒想到，友梨丈夫卻半帶苦笑地回答「那也很令人羨慕」。

「畢竟，眞愛是我帶來的拖油瓶嘛。兩個孩子差一歲，其實沒有血緣關係。瞬和眞愛有些顧忌對方，吵不起來。」

六

星期六早晨，丈夫說要加班，在平常的上班時間離家。不同的是，他開車出門。

「要是電車班次延遲就糟了，幫老婆慶生可不能遲到啊。」

丈夫如此說明，刻意的開朗語氣聽起來很虛假。

「好吧。路上小心，我會趁白天處理完家務。」

我藏起內心的波濤，努力回以笑容。送走丈夫後，我為悠悠哉哉起床的舞和唯準備早餐。

聽說明天會下雨，我決定趁今天清洗托兒所用的午睡被套。把被套晾在陽台上後，我縫牢唯的體育服上即將脫落的名牌。接下來，我吩咐舞和唯收好剛剛玩的玩具，用起吸塵器。

我做著家務，不禁思考丈夫此刻身在何方，又在做什麼。那是不惜欺騙妻子、耗費與孩子共度的假日也要做的事嗎？

丈夫恐怕是受到友梨的邀請，與她單獨幽會。

我很確定友梨懷有惡意。在入學典禮那天，我對她說了一番話，從此她就對我心存憎恨。

「妳家孩子是不是相差一歲？我家也是，老大剛要入學。」

四年前的這句話，友梨始終沒忘記，但並不是出於欣喜的緣故。

根據我小心翼翼從友梨丈夫口中套出的情報，他與友梨再婚，是在瞬入學的前一年。前妻拋下襁褓中的眞愛離家出走，十分怕生的眞愛並不親近友梨，當時友梨爲育嬰吃上許多苦頭。

就在這個時候，一無所知的我對她說「我們都很辛苦，一起加油吧」，隨隨便便用了同病相憐的口氣。來自有別於養育親生女兒、沒吃過苦頭的「相差一歲的二寶之母」的鼓勵，想必觸怒了她。

緊接著，友梨的母親中風病倒。除了育兒不順利，她還得扛下照護的工作。這份苦難或許也令她對我益發憎恨。爲什麼倒楣的總是我？她如此想著，無法不去恨另一個人。

這些累積的憎恨，最終傾巢而出。她拖我下水擔任班級委員，夥同家人闖進我的私生活不斷搞小動作，甚至勾引我的丈夫。

如今眞相大白，我無法繼續任由她擺布。

即使我能理解友梨的痛苦，與對我的憎恨之情，我也不是能因此吞下無端仇恨的濫好人。爲了保護自己與家人，我必須迎戰。

「舞、唯，吃完午餐，我們去奶奶家吧。」

我趁昨天請婆婆在下午幫忙帶孩子兩小時。站在流理台，我用平底鍋炒著冷凍抓飯，一邊思索怎麼收拾事態。

我把舞與唯安置在婆婆家，走到大馬路搭公車，來到車站。接著，我搭電車前往約二十分鐘路程的市鎮。抵達站前不遠處的市民公園，是在下午兩點左右。

時值九月，上週還暑氣蒸騰，今天大概是有風，儘管天氣晴朗卻感覺涼爽了些。即使如此，入口噴泉流淌形成的人工小溪裡，仍有一群孩童光著腳，發出歡鬧聲戲水。

經過那條小溪，我走到公園停車場的林蔭處，打電話給丈夫。

「我在車站旁的公園，有事情想跟你當面談談。」

我從未在丈夫上班時間打過這類電話。丈夫大概察覺不對勁，表示會立刻趕來。

公園就在丈夫任職的公司正後方。如果他真的是假日加班，應該不用五分鐘就能走過來。

過了十五分鐘左右，丈夫駕駛的白色休旅車抵達停車場。

車子停靠在入口附近的停車格，我上前敲窗。丈夫穿著與早上離家時相同的藍色薄襯衫和長褲，一臉吃驚，連忙要將車子熄火。我制止他，打開副駕駛座的門，坐進車內，不發一語地操作起導航。我感覺到丈夫屏住呼吸。

我打開選單，按下歷史紀錄的按鈕。今天有一件紀錄，點擊後顯示的不是丈夫的公司，而是鄰鎮的地圖。

「不是公司，你今天去哪裡？」

我語氣僵硬地質問。丈夫默默望著螢幕，最後投降似地重重嘆了口氣。

「果然還是穿幫了。妳聽鈴村太太說了嗎？」

他毫不愧疚提起友梨的名字，我怒火攻心，但還是忍了下來，搖頭否認。

「她還沒跟我說明詳情，所以你老實交代吧。」

丈夫詫異地挑眉，接著認命地點點頭。他關掉車內音響，開口：

「是關於媽的事。我今天去醫院諮詢，醫生說可能是早期認知障礙症，叫我帶媽來看診。」

話題出乎意料，我無言以對。丈夫的手放在方向盤上，望著前方，淡淡解釋。

「妳不是有時候也會擔心，說媽煮菜口味很重嗎？鈴村太太的母親也是罹患認知障礙症失去味覺，聽見這件事，我不禁起疑。上週媽買了超多冰棒，不斷重複講起同一件事，鈴村太太在回程的車上告訴我，媽的症狀可能惡化不少。這種事不能讓瞬和眞愛聽到，所以我們下車談。」

聽著丈夫的解釋，我一陣茫然。

友梨是擔心婆婆的病，給丈夫建議。

我卻猜忌她，誤以爲她一直痛恨著我，甚至認定她與丈夫之間有不正常的關係，把丈夫找出來對質。

蠢得連自己都感到暈眩，丟臉到好想消失。

「對不起，我一直沒說，讓妳擔心了。我想先去醫院諮詢，等比較清楚狀況再告訴妳。不過，根據醫生的說法，如果是認知障礙症，已開發出很多藥物，儘早復健或許能阻止病情惡化。」

這週丈夫持續晚歸，是爲了在下班後去找公公商量以後的事，以及尋找附近方便就醫、有認知障礙症門診的醫院。

丈夫爲隱瞞至今向我鄭重道歉。他悔恨得像是自己闖了禍。「這不是好事，我原本打算等妳過完生日再說。」我一點也不知道他有這層顧慮，竟然自己戳破了。

「媽那邊我們說好由爸跟她解釋，我負責帶她去看醫生。為了不造成妳的負擔，我們仔細商量過，妳放心吧。」

丈夫面對著我，如此說道。看著他一本正經的表情，我心中湧起一股暖流，縱使笨拙他也盡力保護我。「謝謝你。」我說出眞心話。

之後，我按照預定行程，跟丈夫一起去迎接舞和唯，在義式餐廳享用生日大餐。我們把車留在家，因此我與丈夫開了氣泡酒，女兒們也拿著柳橙汁，全家一起乾杯。

在義大利麵與披薩之間猶豫一番後，我決定兩種都點。儘管肚子撐得不得了，鮭魚馬鈴薯義大利麵與蜂蜜起司比薩都非常美味。餐廳招待壽星的提拉米蘇，也用了濃郁的馬斯卡彭起司，十分道地。

回家的路上，丈夫避開舞和唯，低聲跟我說，改天想兩人單獨再來。

回到家裡，我上網搜尋各種與認知障礙症相關的資訊，及早治療果然是關鍵。想到友梨的建議拯救了自己與家人，我萬分感謝能夠認識她。

隔週的星期一，我比平常早離開職場，抵達托兒所，讓舞和唯在院子玩耍，一邊等待友梨。她一認出我就垂下目光，於是我主動邀請她的兩個孩子一起玩耍。

「謝謝妳，幫我們留意婆婆的狀況。」

友梨憂心地守望著奔向院子的兄妹倆，我向她搭話。

「我完全沒察覺她可能有問題，妳真的幫了大忙。丈夫和我都非常感謝妳。」

聽見我誠心誠意的致謝，友梨的眼神變得柔和，露出如釋重負的表情。

「聽到妳這麼說真是太好了。我實在擔心，沒多想就跟妳老公說了，之後才煩惱是不是太多管閒事。我不太會拿捏跟別人的距離，老是碰釘子。」

那天以後，她不讓孩子多玩就急著回家，還有態度生疏、舉止不對勁，全是這個原因。在我懷疑友梨的行動含有惡意的同時，友梨則是擔心惹我不高興。這麼一想，總覺得十分滑稽。

「既然妳婆婆能及早治療，我也就放心了。」

友梨按住被風吹鼓的鮮豔芥末黃喇叭裙，瞇起雙眼。她視我如至親的這份心意，令我喜不自禁。

如今的舞和唯，的確也跟瞬和眞愛親如同手足，相處融洽。

托兒所的院子裡，眞愛用一雙小手，奮力推著坐在輪胎鞦韆上的唯的背。稍遠處的花壇，瞬和舞牽著手、貼著臉，仰望比他們高大的向日葵。

望著孩子們的模樣，我再次感受到人與人之間的羈絆，不僅僅依賴血緣關係，而是藉由像這樣的對話與接觸一點一滴構築起來。友梨沒特地告訴我，眞愛不是她的親生女兒，想必是已不再介意這項事實。

「冰棒還不要緊，如果她買的是珠寶、昂貴的畫或健康食品，就傷腦筋了。小舞爸爸只是普通的上班族吧？要是因爲妳婆婆的病弄到破產，豈不糟糕？」

友梨突然講起這樣的話題。

「眞的變成那樣，我家的確就慘了。」

我一頭霧水地應道，同時對於她過度擔心別人的家務事心生狐疑。尤其是她提到金錢問題，我自然感覺不舒服。

「我一直覺得，**有朝一日我們會結為親家**，所以對我來說，這不是無關緊要的事。我不希望瞬爲了結婚對象吃苦頭。聽說小舞沒有疾病也沒有身心障礙，瞬又很喜歡小舞，未來値得期待。」

友梨瞥了一眼玩得十分開心的孩子們，露出滿意的笑容。

我的視線跟著她飄往孩子身上。只見舞和瞬十指交扣，一臉笑盈盈。她連跟我都不會這麼做。

「對了，你們家有沒有信仰什麼宗教？我們家沒有，爲了保險起見，想問一下。」

友梨一如往常，想到什麼就問什麼。

望著天眞無邪緊貼著臉頰的孩子們，我發現自己果眞落入駭人的魔掌中，身子逐漸冰冷沉重起來。

破裂的繭

一

「誠司，媽媽要出門了。」

樓下傳來匆忙來回洗手間與廚房的聲響，可見上班時間已近。即使如此，誠司的母親還是特地爬上二樓，在走廊上放了早午餐，不忘叮嚀門後的人。

這是因爲不這麼做，誠司就會搥打牆壁，或是用力踩踏地板抗議。誠司絕不會原諒有人無視說好的約定。

母親待在家中的期間，誠司拒絕使用廁所。因此，母親在出門與進門時一定會打聲招呼通知他。這是誠司制定的規矩之一。

「今天是蛋、火腿三明治、咖啡牛奶和果凍，我還切了奇異果。」

誠司癱在和室椅上打著電動遊戲，聽著母親以不帶感情的聲音告知今天的菜色。他像平常一樣緊盯著電視螢幕，沒有回應。

一張放著筆記型電腦的小暖桌，以及塡充物扁塌的和室椅，正前方是二十四吋液晶電視。正對著右手邊窗戶的牆旁，鋪著從不收起的潮濕被褥。裝著垃圾的塑膠袋堆滿整面地板，加上灌滿排泄物的寶特瓶、骯髒衣物與成堆的雜誌，六張榻榻米大的房間已無處站立，飄盪著令人呼吸都痛苦的異樣氣味。

窗簾緊閉的昏暗室內，只聽得到遊戲的背景音樂、音效，以及喀喀作響的控制器聲音。誠司坑坑疤疤的臉龐與前額的白髮，在電視螢幕的光亮照射下忽明忽滅。他許久不曾入浴，及肩的頭髮油膩結塊。

由於不均衡的飲食，年紀不過二十五歲左右，身體卻不健康地鬆弛，小腹與腰間的肥肉鬆鬆垮垮溢出休閒褲的褲頭。母親每天早晚會把餐點放在房門外，不過誠司絕對不碰蔬菜。他只吃想吃的菜色。要是沒吃飽，哪怕是深夜或清晨，他都會傳訊到母親的手機，要她去買麵包或便當。

誠司的視線從電視螢幕轉向門口。今天母親偏偏不肯從房門前離去。她沒有說話，但散發出有話想說的氣息。最後，她刻意清清喉嚨，挫敗地主張自己的存在。

誠司在房門掛了兩個密碼式的鎖頭，威脅母親要是進門就殺了她。誠司逼母親承諾的約定，總是不容異議。

砰！室內發出巨響。誠司將手邊的漫畫雜誌往門上砸了過去。

傳來拖鞋逃也似地踩在走廊上的聲響，以及疑似踩空樓梯的碰撞聲。沒多久，開關大門並上鎖的聲音響起，家中旋即恢復寧靜，只剩下原本誠司打電動的聲音。

「早就說好了，事情辦完就快點滾下樓。」

誠司先是咂嘴又是咕噥，接著惱怒地將控制器甩到地上。螢幕上寫實的戰鬥機，噴出薄薄煙霧墜落地面，火柱竄出，地上的控制器震動許久。誠司握拳用力壓住眼睛，咬緊牙根發出不成聲的吶喊。這個動作似乎能幫助他抑制崩潰的衝動。

「媽媽……應該是有話想跟你說吧？」

誠司吐完氣張開嘴，以口齒不清的娃娃音說出這句話。

「我才不想聽，也沒有義務聽。」

他恢復原本粗暴的口吻大罵。

「你喜歡就好。」

他不滿地嘶嚷，口氣聽起來像是在鬧彆扭。只有在這個時候，誠司才會擠壓嗓子，發出略高的聲音。

「美優菜，不要多管閒事。」

「美優菜」是誠司創造出來，他唯一的朋友。將近兩年以來，誠司只跟「美優菜」交談。

「你不要大吼啦。要是被鄰居聽到，你媽可能會把你抓去看醫生。」

聽見「美優菜」的叮嚀，誠司裝模作樣她呵呵笑了起來。笑到一半，又虛脫似地轉為嘆息。

「才不會咧。眞要說起來，這還不是她的主意。」

誠司扯起稀疏的鬍鬚，一副感到無趣的口吻。

誠司虛構的朋友「美優菜」的誕生，是在約十年前，就讀中學的誠司拒絕上學的時候。從中學一年級的冬天起，誠司就不願重返校園。他雖然沒有朋友卻也沒受到霸凌，沒人清楚他不上學的理由。早上醒來他也不肯離開被窩，提不起勁做任何事。

或許是爲期末考衝刺太累了，他原本以爲過幾天就能恢復精神，於是裝病請假，一請再請，蹺了兩星期的課直接進入寒假，等到新的一年，光是想到要回校園，就會腹痛噁心。在內科看診也查不出原因，母親找上關於拒絕上學的諮詢專線與兒童精神科門診尋求建議。

對於這些管道的資訊，母親似乎就是囫圇吞棗，認爲勸孩子與自我對話，能有效幫助孩子整理心情。她遞給誠司全新的筆記本，封面用圓滾滾的字體寫著「與心裡的朋友聊聊天吧！」，建議他當成和朋友談心，把自己的心情寫在上頭。

如今仍深鎖衣櫃的這本筆記，寫著誠司至今遇上的大小事，以及當下的心情。起初他搞不清楚自己的想法而沒有動筆，但如果照著母親的教導，採取與朋友問答的形式，就能將心情化爲文字。

儘管方法看起來很蠢，搞不清自己爲何突然不敢上學，即將被不安與焦慮壓垮的誠司還是把它當成救命的繩索。

誠司在心裡創造出來與自己聊天的朋友就是「美優菜」。「美優菜」的名字與個性，取自當時他喜歡的校園推理小說女主角。主角的少年擔任偵探，協助少年推理的助手，則是聰穎的青梅竹馬「美優菜」。找她來商量煩惱，想必很可靠。至於將朋友設定成異性，則是因爲誠司不擅長與同齡男生相處。

「爸離家出走了。他宣稱自己不在家能讓我比較自在，其實根本就是逃避。我會對他發飆，是因爲他總是針對我的成績囉哩囉嗦，我只是想讓他明白這有多討厭。」

「媽雖然會幫我做任何我叫她做的事，卻不肯把我的話聽進耳裡。像是一想到要去學校就很想死、同班同學彷彿跟我是不同的生物，不管跟她說什麼，她都回我『有時候就是會這樣』輕輕帶過，我實在不覺得她聽懂了我的意思。」

剛開始還有些難爲情，他只敢寫下自己的心情。但透過模擬「美優菜」的回答，他發現自己得以綜觀自己與身邊的人。

「你媽媽是不敢認眞面對你。她不想承認自己教育失敗，所以選擇熱心照顧你，說服自己已盡了義務。」

「我覺得你爸爸對你太嚴格，導致你的自我評價過低。他只會罵你，沒稱讚過你吧？所以你才會認爲自己什麼都做不好。」

透過在筆記本上對話，誠司挖掘出至今不曾察覺的親子問題。然而，結論卻是絕望，到頭來這對父母仍不肯接受自己。

對成績與生活態度嘮嘮叨叨卻疏遠兒子本人的父親，離家半年後，沒跟誠司說上半句話就與母親離婚，再也沒回來。

母親還是一樣，只肯面對誠司表面上的問題，刻意避開本質上的毛病。沒人知道她是畏懼，還是單純覺得麻煩。即使誠司有事想向她傾訴，希望她能理解，母親也只是頂著呆愣的表情附和，繼續將一切左耳進右耳出。

身處衣食無虞卻沒人肯正視自己的空虛家庭關係中，不知不覺間，「美優菜」成爲誠司的心靈寄託。誠司會像現在這樣放棄書寫，直接與「美優菜」對話，大概就是因爲孤獨的誠司渴望互動的溫暖，而賦予「美優菜」實體的聲音。

然而，誠司並非隨時都在與「美優菜」對話。誠司只在感受到強烈壓力的時候才會跟「美優菜」說話——只在他無意識地想穩定心靈的時候。

「我這麼做眞的沒問題嗎？」

誠司靠在和室椅上虛弱地低喃。

「這不是誠司的錯，你是逼不得已。」

誠司凝望半空的目光陰鬱。他的手伸向被褥，把面紙盒拉過來。手工面紙盒套已褪色，蕾絲上積著灰塵。

他抽出面紙撕成兩半，揉成小團塞進兩邊的鼻孔。接著，他湊近手肘的內側，確認是否還聞得到氣味。

他戴上放在暖桌上筆電旁的醫療用護目鏡與口罩，下定決心站起身，用腳掃開散亂一地的垃圾袋，清出半張榻榻米的空間。來到房間的深處，他深深吸了口氣，接著打開面對電視那側壁櫥的門。

「嗯……」誠司握著門把，從口罩中冒出含糊的聲音。

室內的垃圾、排泄物的臭氣與甜膩的芳香劑香味交雜，緊接著傳來一股類似魚腥味或內臟腐敗的強烈異臭。

剛才母親在出門上班前想跟誠司談的，大概就是這件事。

誠司當場蹲在地上，拱起背嘔吐了好幾次。好不容易抬起頭，他移開護目鏡用袖子擦去眼淚，將手伸向衣櫃裡以毯子包裹的物體。

掀開毯子，底下露出一張男人蓄滿鬍碴的蒼白臉龐。

睜開的眼皮底下，眼球像是鋪上一層膜般混濁，失去水分而乾縮。

二

誠司避開屍體的臉，把衣櫃的門推得更開，將手伸向衣櫃內側。他先摸出卡式瓦斯爐放在地上，接著身子鑽進衣櫃裡，抬出足足有雙手合抱那麼大的鍋子。

他把鍋子扛到剛才推開垃圾騰出的空間，從鍋內取出折疊的防水布，原地攤開。在防水布中央設置好卡式瓦斯爐與鍋子後，再次回到衣櫃旁。這次搬運的東西，換成裝有水的塑膠儲水桶，與裝著白粉的加厚塑膠夾鏈袋。

「你媽媽應該會跟平常一樣在傍晚六點回來。在那之前，你處理得完嗎？」

「要是處理不完，只能明天繼續了。」

「不過，接下來只剩頭，應該沒問題。軀幹才是最費工的。」

戴上掛在儲水桶把手上的橡膠手套，誠司喃喃低語。跟「美優菜」交談，可以舒緩情緒。

他將儲水桶裡的水全倒入鍋內，打開瓦斯爐。接著，拉開夾鏈袋，用丟在裡頭的塑膠湯匙準確量出五匙份的粉末加入水中。再次封起袋口放回衣櫃後，他伸個懶腰，隨後躡手躡腳地推開被褥旁的窗戶。儘管擔心臭味會飄出去，房間還是得通風。

卡在窗框裡的玻璃碎片受到摩擦，發出令人不悅的聲響。窗上破了一塊三角形的洞，只用厚紙板與封箱膠帶簡單封起。

狀況是在五天前發生。

距離母親出門上班沒過多久，因此時間大概是在上午。窗外窸窸窣窣，傳來踩踏砂礫的聲音。

誠司的房間面對住宅後側的暗巷，在建築與遮蔽巷子的磚瓦圍牆之間，有一段無法稱爲庭院、僅是鋪上碎石子的通路。

就算是野貓闖進來，也不會發出關窗還聽得到的聲響。誠司原本躺在暖桌裡閱讀每週要母親買來的漫畫雜誌，將雜誌放在地上，緩緩起身。

等了半晌，外頭再也沒有其他動靜。誠司以爲是自己多心，打算躺回去，緊鄰窗戶的地方傳來金屬敲擊聲。接著，伴隨著沉重的碰撞聲，地板一陣震動，第二次還混雜了玻璃破碎聲。誠司嚇得渾身一震，迅速鑽進暖桌裡，屏住呼吸。

上下滑窗傳來悄悄抬起的聲音，冰冷的空氣頓時灌入房內。緊閉的淺藍色遮光窗簾朝房內膨起，縫隙中探出一個戴著黑色針織帽的腦袋。

緊接著，一隻握著一字螺絲起子的手抓住窗框，沒脫鞋的腳輕輕從窗簾下襬冒出。一名頂著皺巴巴黝黑臉孔的矮小男子，雙腿併攏翻過窗框，一入侵房間隨即將窗戶關回去。年紀看上去約莫五十幾歲，動作卻輕盈如猿猴。他壓低頭部，僅有一對發光的眼瞳轉動。此時，他大概察覺房內的異狀，驚愕地挑眉，面露警戒，四下張望。

就在他的視線移向鋪在窗邊的被褥時，牆邊的電視突然打開，響起談話性節目評論員爽朗的笑聲。男子慌忙轉身，衝到窗前伸手打開。

正當他探出身子就要開溜，一隻慘白的手伸向他的脖子。男子仰倒在地，只見一隻穿著滿是毛球的襪子的腳，重重踩在他的喉嚨上。

嘔！男子呻吟，瞪大的眼珠彷彿要從眼眶爆出。他舉起螺絲起子試意圖刺向誠司的腳踝，卻使不上力，螺絲起子掉在地上。踢開螺絲起子，誠司氣急敗壞地再次踩上男子的喉嚨。啪唧！一陣物體破碎聲響起。那喘不過氣而張大的嘴角溢出血泡。

誠司噘起嘴，呼呼呼地吐著氣，藉由體重無數次踩壓男人的喉頭。每踩一次，男人的頭就像壞掉的娃娃一樣從地板彈起。

最後，誠司精疲力竭，停止動作，詫異地凝視手中緊握的電視遙控器。室內飄蕩著不熟悉的血腥味。

闖進房間的人殺無赦，那名男子怎麼可能知道這種約定？

男子的脖子扭曲，耳朵幾乎貼上肩頭，瞪著無神的雙眼，不再動彈。誠司喘得肩膀上下起伏，俯視著屍體。

「他是小偷嗎？」

誠司不小心破音，無法完美扮演「美優菜」。

「他一定是拿瓦斯桶當腳踏台爬上來的。這扇窗戶底下正好有屋簷。我一直覺得我們家太缺乏防盜意識了。」

渾身虛脫坐倒在地，誠司仰望著天花板，閉上雙眼。

「我的天啊，這該怎麼辦？」

「沒辦法丟到別的地方吧？畢竟誠司你無法出門。」

「就算藏起來，也一定會因爲臭味曝光。我完了。這臭老頭幹麼闖進來！」

「你冷靜點，應該會有什麼好方法。」

以連珠砲的速度對話，誠司似乎已忘了模仿「美優菜」的聲線。

「誠司，用網路查查看吧。這下只能靠我們自己悄悄處理掉屍體了。一旦報警，就不得不讓警察進入這個房間。所以，無論如何，絕對不能報警。」

前身是少年偵探助手的「美優菜」，這下居然在指揮誠司毀屍滅跡。這段對話宛如惡質的笑話。

「用『屍體』、『處理』、『方法』搜尋看看吧。」

誠司點開暖桌上的筆電，解除休眠模式。風扇的轉動聲響起，螢幕亮了起來。他以顫抖的手敲擊鍵盤，按下ＥＮＴＥＲ鍵。

「搞什麼啊，原來有這麼多方法？」

誠司驚愕地喃喃自語，點擊了從畫面頂端至底部羅列出的其中一個連結。

幾經評估，誠司與「美優菜」選擇的方法，是用化學藥劑碳酸鈉融煮屍體，只留下骨頭。

這是在製作骨骼標本時使用的方法，市面上原本就有販售清潔用的碳酸鈉，誠司在網路上訂購了當日配送的貨。

誠司常使用網路購買遊戲與模型，不過，來自藥局而非電器行或玩具廠商的包裹，似乎讓母親起疑了。平常她只會把包裹放在房門外，通知一聲就離開，當時卻問「這包裹好重，你買了什麼食物嗎？」刺探起內容物。誠司沒理會，她放棄離開。之後誠司下了一番苦心，將訂購的防水布、口罩、護目鏡與消毒芳香劑改採贈禮形式購買，寄件者設定成誠司本人，以免母親懷疑。

貨款是以母親的信用卡支付，哪天收到明細，購買內容便會曝光，但誠司判斷設法先度過眼下這一關最重要。當開山刀和魚刀送達時，母親似乎有所預感，好奇內容物，開口詢問，但誠司歇斯底里地踹起牆壁，她還是拖拖拉拉地丟下包裹離開了。

湊齊必要的工具，誠司仔細確認步驟後，展開作業。一切都得選在母親出門工作期間，在這個房間內進行。

他將過期雜誌並排在地，並鋪上防水布保護地板。首先，將男人的屍體按照部位肢解。

胳膊以手肘爲界分上下臂，腳則以膝蓋爲界分大小腿，大致決定屍塊的大小。起初，朝屍體的手肘揮下開山刀時還猶豫再三，不過一旦踏出第一步，切斷手腳也沒花上多少時間。他發現鎖定關節多次用開山刀劈砍，腳踩固定身軀再旋轉肢體，骨頭就會鬆鬆垮垮地脫落。接著，只要拿魚刀切斷皮膚、肌肉與肌腱。工具等了兩天才送來，因此沒什麼血流出來。

最耗費心力的是腰與軀幹。誠司一將刀子刺進腹內，散發惡臭的腸子就爆出體外，散落在整片防水布上。他將腸子切成適當的長度，暫時將內臟塞進雙層垃圾袋。接下來，他將軀幹切成能塞進鍋子裡的大小。

脊椎才切開一塊，開山刀的刀刃就破損了，於是誠司又選擇當日配送，訂購兩把開山刀，以及切割廢棄物用的小鋸子。那是一把除了木材與塑膠外，還能切割金屬、並附上替換鋸片的鋸子，在切割有許多根的肋骨時十分好用。割出一半厚度的鋸痕，接著只要靠腳踩就能從內側折斷。男子軀幹的厚度超過鍋子大小，因此必須像殺魚一樣，分別從腹側與背側往左右剖開。

誠司進行這些步驟時，自然無法平心靜氣。然而，不知道是在哪個階段，某種程度上男子已失去人形，誠司感覺內心的抗拒減少了。唯有頭顱永遠維持人類臉孔，令誠司不禁別過視線。

「要是有苛性鈉，連骨頭都能全部分解。」

大概是不想思考鍋中溶液正在熬煮的男子頭顱，一臉死氣沉沉的誠司盯著遊戲畫面，與「美優菜」繼續對話。

「你是指業務用的排水管疏通劑吧，但一般民眾不是買不到嗎？那是管制性化學品，必須塡寫申報文件和出示身分證件。」

「骨頭該怎麼辦？就算要藏在房間裡，我也不想永遠留著。」

「敲碎以後應該能用馬桶沖掉。等這批弄完，買把錘子吧。總之，先弄到只剩骨頭就不怕腐爛，骨頭不必急著處理。」

「幸好以前露營用的鍋子沒丟掉，還收在倉庫裡。未來大概再也不會用到了吧。」

誠司或許是想起孩提時代的往事，說著瞇起了眼。

隨時更換新的溶液煮了半天，頭部終於腐蝕到只剩骨頭的狀態。每次更換，鍋子內的液體就用馬桶沖掉。誠司將男子的頭骨以毯子包起來扔進衣櫃，丟掉最後一批人肉化開的湯汁狀液體。在廚房用洗碗精清潔完鍋子，就像是緊繃的線突然斷裂，誠司在暖桌裡睡著了。再加上連日進行令人萎靡的處理作業，十分疲勞，他睡得很熟。

等誠司醒來，已是傍晚六點。

他在昏暗的房間起身，一臉驚愕地豎起耳朵，斷斷續續傳來滴水聲。接著，傳來某個東西撞擊牆壁或地板的聲響與震動，還有微乎其微的呼吸聲。誠司匆忙站起，拉了拉電燈的開關繩。

誠司先是望向窗戶，但那邊只晾著一口空蕩蕩的鍋子，沒什麼異狀。衣櫃的門也關得緊緊的，跟稍早前沒兩樣。

他深埋在肥肉的中的喉結上下滑動。出事的地方是在門邊。

緩緩轉過頭，誠司彷彿目睹難以置信的情景，瞬間愣住，然後發出淒厲的哭喊，衝到房門口。

只見母親靠在緊閉的房門上，坐倒在地，脖子上開了一個洞。至今仍在流淌的血將毛衣的前襟染成一片鮮紅，她上半身痙攣，宛如打著誇張的嗝。

三

「媽、媽、媽！」

誠司緊緊抓著母親，握住無力地垂落腿上的小手。微微張開的雙眼漆黑，似乎什麼都看不到了。

「媽，妳振作點，拜託！」

他像是祈禱般抓著母親的手按住自己的胸口，另一手摟住被拉了一把而傾斜的瘦弱身軀。母親彷彿有話想說，雙唇蠕動，但發不出聲音。誠司緊緊盯著她或開或閉的嘴型，只見重複數次後，停在好似露出笑容的半開形狀。

「叫救護車……」

動也不動地抱著母親的誠司，突然喃喃自語。咬字格外清晰，像是在說給自己聽。

誠司靜靜扶著母親靠在門上，起身回望，牢牢盯著日光燈照耀下，明亮室內的窗邊一角。

他沾滿血漬的運動服胸口激烈起伏，雙眼瞪得斗大，嘴角歪曲，表情看起來猶如隨時會哭出來的孩童。

「不行，不行。」

叩、叩！伴隨著鈍重的聲音，誠司一拳一拳捶起自己的側臉。他用力再用力，痛得皺起眉頭，前額浮現青筋。

「不行，不行，啊啊！」

無意義的話語最終轉爲嗚咽。唾液在張得大開的嘴中牽絲。發黃而參差不齊的牙齒隱隱發光，裡頭擠出一道低沉漫長、恍若野獸的嘶吼。

咚！門邊發出堅硬重物落地的聲響。

誠司停止低吼，沒有回頭。他宛如戴著能劇面具般毫無表情，手指伸向近在眼前的日光燈拉繩。隨著喀嘰喀嘰的扎實聲響，房間再次落入幽暗之中。

誠司渾身虛脫，坐倒在地，不斷小聲說著「對不起」，忍耐似地閉上眼。最後他疲憊地垂下肩，鑽進暖桌裡。他將暖桌被蓋在頭上，背對著倒在房門前的母親，靜靜躺下。

「我想就算叫了救護車，一定也來不及了。」

過了快一個小時左右，暖桌中傳出模糊的聲音。

「眞的是這樣嗎？」

「責怪自己也無濟於事。更重要的是，應該思考怎麼處理。」

哐啷！暖桌發出巨響翻倒。桌面上的筆電撞上電視櫃，打開的袋裝零食散落一地。

「怎麼處理……妳是要我再動手一次？我哪有辦法對我媽做這種事！」

他大聲哭喊，脾氣發作似地不斷捶著自己的腿。喘著氣站起，他粗暴地扯下暖桌的棉被，拉到衣櫃前。

誠司推倒堆積的漫畫雜誌弄平，在上頭攤開棉被。接著，抱起倒在房門前的母親，讓她平躺於上。想幫她闔上眼，但用手指推擠仍無法完全闔起，沒能順利闔上。他不發一語，端詳母親的面容一陣子，終究還是承受不住，蓋上棉被。用棉被將母親嬌小的身軀從頭到腳仔細包裹起來，他癱坐在和室椅上，淚痕在臃腫的臉頰上閃爍。

「沒辦法了。媽一死，我就完了。」

誠司仰起頭，弄得椅子嘎吱作響。他露出空洞的表情張開嘴，吐出長長的嘆息，眼角湧出新的淚水。

凝視著漆黑的天花板，誠司彷彿突然發現上頭有什麼東西，一副恍然大悟的樣子。手指摩挲著嘴唇，若有所思的視線在半空中游移。不久後，誠司開口，緩緩吐出一個個詞語。

「我說啊……到底、是誰、爲什麼、殺了、誠司的媽媽？」

到了現在，他似乎才終於冒出這個理所當然的疑問。

「是那男人的夥伴，爲了報復你幹的嗎？」

誠司提高嗓門，用「美優菜」尖銳的聲音自問自答。

「說不定誠司幹掉那傢伙的時候，外頭還有把風的同伴。可是，爲什麼待在外面的人，會知道是你殺了他？窗簾從頭到尾都沒拉開——最重要的是，爲什麼你沒遇害？如果要報仇，應該是找你才對。」

他宛如校園推理小說的女主角，滔滔不絕地講起自己的推理。比平常更裝腔作勢的口吻，彷彿在講給誰聽。

「那會是誰——」

完全化身爲「美優菜」的誠司，說到一半就停止，侷促地咬著指甲，瞪向空無一物的黑暗。他似乎猶豫著該不該說出口，嘴巴開開闔闔，最後終於出聲。

「會不會是自殺？」

用假聲這麼說完，誠司的表情瞬間冷漠得像張白紙。

「不對……你媽媽不是會自殺的人，她不是會自責的類型。更何況，怎會現在才自殺？兒子窩在房間十年，爲了避免引起麻煩，她選擇視而不見，熬過每一件事。」

他飛快地繼續說著，模樣顯然異於平常。從剛才開始，沒有半句話是以「誠司」的身分說出。他用手背揉揉眼睛。

「就算發現誠司殺了人，她也不會有任何動作。至今爲止，她一直都是這樣！」

歇斯底里地吐出這些話，誠司雙手摀住臉，低下頭。像是深受自己的話語觸動，他雙肩發顫，吸著鼻子。最後他抬起臉，手掌往褲頭擦擦。

「果然不是自殺。」

聲音恢復了冷靜。誠司似乎無論如何都打算繼續這齣滑稽的推理劇。

「因爲你媽媽手上什麼都沒有，像是刀子之類的——對了，會不會是掉在她坐著的地方？」

誠司爬到門邊，湊近染血的地板，尋找奪走母親性命的凶器，但沒看到類似的東西。他站起身，誇張地嘆口氣，撩起蓋住眼睛的長劉海。

「這麼看來，只有一種可能性。」

誠司回過頭，嘴角不自然地揚起。

「你媽媽是在房門外被刺，逃進這個房間。凶手果然就是那名男子的夥伴。就算看不到室內的情況，同夥一直沒出來，自然會覺得有蹊蹺。對方逮住你媽媽想問個究竟，於是——」

這是剛才他自己否定的推論。他到底想做什麼？硬是要合理化漏洞百出的推理。而且，推理到一半，誠司停下了動作。

他的視線緊盯著一處。

那就是門上兩副鎖得好端端的鎖頭。

「這個房間——」

誠司雙眼瞪得斗大，望向窗戶。他踹開垃圾湊近，拉開窗簾。

「是個密室。」

上下滑窗的鎖仍緊扣，玻璃上開的洞也已從內側封住。

「沒人能進入這個房間。」

這次終於不是「美優菜」，而是誠司的聲音。

他目不轉睛地凝視自己倒映在窗上的臉孔，彷彿在咀嚼這句話的意義。雙眼閃閃發光，表情有些得意。

誠司就是**想做這件事**。

他的嘴角挑釁似地揚起，坐上被褥，瞪向正面的一扇門。

「看到剛才我媽的嘴型了嗎？」

無人回應。

「我媽說的是『美優菜』，重複好幾次。我以前曾告訴她，妳叫這個名字。」

依然無人回應。

「我會跟『美優菜』對話，但我不是雙重人格。『美優菜』就是我。所以，『美優菜』的人格不可能趁我睡著時，操縱我的身體，殺害我媽。」

誠司回頭，沉聲宣告。

「因此，殺了我媽的，就是妳。」

誠司正要模仿名偵探指向我，我立刻舉起一字螺絲起子狠狠戳進他的太陽穴。

四

誠司綁架走在放學回家路上的我，關在這個房間裡，是兩年前的事。當時我是高中一年級。

我隸屬於軟式網球社，那天為了準備秋季新人賽留校練習，比平常還晚離校。過了晚上七點，附近一片漆黑，我決定抄捷徑，走了平常不會走的暗巷。

那是一條沒有人煙的路。快壞掉的電線桿路燈閃爍的光線中，站著一個肥胖的男人。走過一臉心事重重的男人面前，我的背後突然感到一陣劇痛，身體動彈不得。男人以與體型不符的敏捷動作抱起我，迅速溜進轉角處一幢小小的獨立住宅。那就是誠司的家。

客廳開著燈，傳來電視的聲音。我正要大喊，就被甩到走廊上。母親出聲詢問發生什麼事，誠司怒吼：「出來就宰了妳！」接著，他湊到我的眼前，輕聲警告我：「敢出聲就殺了妳。」腥臭的口氣直撲鼻腔。

誠司抓住我的雙手，拖著我爬上樓梯。樓梯的邊角撞擊著我的頭與腿，我忍著不發出哀號。一進到房間鎖上門，誠司就把我丟到鋪著沒收的被褥上。他從我的書包裡拿出手機，往窗框敲上數次，確定毀壞後，以充滿血絲的雙眼俯視我，下了一道難以理解的命令。

「從今天起，妳就是『美優菜』。妳要成爲我的朋友。」

誠司從衣櫃拿出厚厚的筆記本，針對『美優菜』誕生的來龍去脈展開解說。他說話快，咬字又含糊，很難聽懂。不過，透過他朗讀的自傳性作文，我逐漸看出這個男人的意圖。

誠司想賦予「美優菜」實體——賦予她聲音與肉身。

「我不想只靠文字對話，我想跟人當面交談。媽媽不肯認眞聽我說話，也絕對不會回給我想要的答案。因爲媽媽聽不懂我的話。妳知道無法跟任何人有像樣的對話，是多痛苦的事嗎？再這麼下去，我只能去死。我動過尋死的念頭好幾次了。」

他拉起袖子，向我展示從手腕到手臂內側的幾道紅色傷痕。每一道都很淺，像是抓傷結痂，我只看出他不是眞心尋死。

「我要妳學會與『美優菜』相同的思考方式。筆記本還有好幾本，妳得全部讀完，化身爲『美優菜』。」

他的命令獨斷又不講理，我實在不覺得自己辦得到。

被擄來這裡的第一週，我都在盤算該怎麼逃出去。

從被關進房間的那天起，我開始**學習**如何成為「美優菜」。每次讀筆記累到快睡著，誠司就會用拳頭伺候我的頭。我要是快叫出來，他就會立刻在我肚子補一腳。

「我也一樣沒有睡，妳給我認眞點！」

發現光靠毆打與踢擊沒有效果後，誠司改用空氣槍近距離射擊我的手臂與大腿。他叫我蓋住眼睛以免被流彈波及，不知何時、何處會挨槍的恐懼使我戒備起來，下一秒劇痛便隨著冷硬的扳機聲襲來。這樣的過程重複了無數次。爲了逃避恐懼與痛苦，我只好照著誠司的話去做。

我整整三天沒睡覺，持續翻閱好幾本筆記，內容幾乎都沒留在腦子裡。上頭寫的只有膚淺而自私至極的自憐，以及希望有人包容原原本本的自己這種天眞的渴望。

讀完所有筆記，誠司給我達成課業的獎勵，讓我第一次吃到了食物。他只偶爾給我喝點水——如廁則是在他母親出門上班期間，規定我開著門完事——我餓得都快昏倒了。

好不容易分到的食物，是偏食的誠司吃剩的菜。

「妳可以吃青椒、洋蔥和小番茄，還有橘子也行。這顆不怎麼甜。」

誠司只吃了一片就丟過來的橘子，我覺得根本夠甜了。來自蔬菜炒肉中的青椒與洋蔥，嘗起來甜甜鹹鹹，帶著豬油的風味，好吃到我都快哭了。吃完以後，誠司命令我回到被褥上。

「要是未經我的許可離開那邊，我就宰了妳。今天可以先睡了。」

開門將餐具放到走廊後，誠司用和室椅堵住上鎖的房門，坐在椅子上入睡。等誠司陷入熟睡，我躡手躡腳地從筆記本撕下一頁，選擇適合的句子，再將那部分撕下來。

從隔天起，模仿「美優菜」說話的訓練開始了。我得完全化身爲美優菜，回應誠司的每句話。我自覺已盡可能選擇無傷大雅、誠司會高興的回應，誠司卻說不太一樣，不太能接受似地歪頭納悶。爲了不挨打，我的神經緊繃，結束的那一刻已疲憊無比。

這一天，誠司也給了我吃剩的蔬菜與水果。我邊吃邊避開誠司的視線，在盤子底下塞入折起來的筆記本頁面。我刻意撕下誠司寫的「我想離開這裡」。誠司拉我進家裡的時候，他的母親曾聽見聲響，我以爲靠這張紙她就能理解狀況。

我深信他的母親會報警，馬上就會有人來救我。然而，過了半天，什麼事都沒發生。隔天，我依然在盤子下塞了寫著「我需要某個人的幫助」的筆記碎頁，但他的母親到了早上仍照常出勤。

當時我還沒死心。誠司口中的母親是個遲鈍的人，或許她只是看不懂字條的意思。總之，我就努力到她察覺爲止吧。這麼決定以後，我挑了「我想去學校」這一句，放在盤子底下。

這下她終於理解家裡發生異狀。

隔天早上，誠司的母親採取了與先前不太一樣的行動。

平常她在走廊放好食物後總會立刻離開，今天卻扭扭捏捏地站在外頭。誠司沒注意到母親還在原地，直接解鎖開門。

他的母親一臉驚訝，看到蹲在被褥上的我。我們確實四目相交。

由於誠司立刻關上門，那僅是一瞬間，但我很確定。誠司瘋狂敲打門板，怒吼要殺了母親。我聽著狂奔下樓的腳步聲，流下安心的淚水。

我終於能回家了。終於能見到爸爸媽媽。終於能見到朋友。

但一直等到傍晚，都沒人來救我。到了六點，誠司的母親一如往常在返家時說聲「我回來了」。她悄悄放了晚餐的托盤，匆匆爬下樓梯。

那天，除了蔬菜以外，誠司連魚、飯和點心都沒吃完。

「明明就說過我不吃魚，飯還給我盛大碗。」

看來，誠司的母親並不打算反抗兒子救出我，而是選擇大事化小，姑且讓我免於挨餓。明白這一點，我幾乎絕望，不過她做的事還不止這一件。

「早就說過我只吃桃子果凍，居然搞出這種烏龍。」

誠司這麼說著，把裝在半透明杯子裡的葡萄柚果凍丟給我。吃完時，我注意到杯底沾有黑色污漬。翻過來一看，上頭以細小圓潤的簽字筆字體寫著：「妳一定會得救！」是來自他母親的訊息。儘管十分在意爲何是「妳會得救」而非「我會救妳」，總之，她沒有對我視而不見。我將一切寄託在這個希望上。

我撿起隨意棄置在垃圾堆中的動漫周邊筆，趁誠司大清早還在睡覺，在他母親的訊息旁寫上自己的名字與家裡電話，以及「拜託轉告我父母，我還活著」這句話。在一片昏暗中匆忙寫下的字跡很潦草，但應該足以辨認。早上前來收拾放到走廊的餐具時，他母親一定會看到這則訊息。就算她不肯馬上報警，我希望至少能讓父母放心。

隔天、再隔一天，甜點都不是果凍，而是水果。過了幾天，終於出現葡萄果凍時，我都快哭了出來。我從誠司手上接過杯子，立刻確認杯底。細小圓潤的字跡，寫著比上次更長的文句。我不禁激動起來，應該是我的父母得知我平安，說了什麼話吧。

「妳的名字取得眞好！由於一些緣故我無法打電話，但妳的父母想必也能感受到妳的體貼！」

他母親的訊息就只有這樣。

我沒寫上回應。從此以後，我再也沒在盤子底下塞紙條。偶爾甜點出現桃子口味以外的果凍，底部會寫著「別氣餒！」或「加油！」等訊息。光是看到那圓滾滾的文字我就反胃，最後我乾脆不看了。

過了一個月，誠司一臉厭煩地宣布：看來妳辦不到。「妳太笨了。思考膚淺，說話也沒深度，完全不像『美優菜』。我會想想別的辦法。」

之後，誠司就自行化身「美優菜」。說起來，「美優菜」是誠司創造出來的人物，這才是最穩當的方法。他一開始就該這麼做。

對於已無用處的我，誠司也沒有處置，僅是讓我繼續待在被褥上。

他在原有的門鎖之外，多加了兩個鎖頭。爲了維持對我的監視，停止入浴，並向母親放話，要是敢踏進房間就宰了她。

吃著誠司的剩菜，在他的監視下排泄，我在這個房間生活了快兩年。每個月一次，他准許我趁母親出門期間入浴，我都在那時趕緊清洗貼身衣物。幸好，或許是因爲營養不良，月經偶爾才來。衣服則是將被綁架時裝在包包裡的社課用運動服穿了又穿。儘管不再有逃跑會被殺的恐懼，我逃跑的意志也萎靡了。

我只擔心一直躺著可能會無法走路，於是瞞著誠司在被窩裡悄悄伸展雙腿。清醒的期間，翻閱房間裡的漫畫雜誌，看看誠司在收看的電視節目或打的電玩。當耳邊響起暖桌叩叩叩的震動聲與粗重的呼吸聲，我就披著棉被動也不動，屛住呼吸。

我久違地在盤子底下塞紙條，是在誠司殺害闖入房間的男子三天之後。

喉頭被踩踏的男子沒握好、遭誠司踢飛的一字螺絲起子，滾到我的旁邊。我偷偷撿起，藏在被窩裡。之後，誠司在我的眼前展開慘絕人寰的工程，再次喚醒我麻痺已久的恐懼。

「誠司殺了闖空門的男子，屍體在房間裡。」

我開門見山地這麼寫，好讓那個母親也能讀懂。這是我趁誠司睡著時，撕下漫畫雜誌空白處寫的字條。

然而，到了隔天，他的母親仍沒有任何行動。

我感受到一股強烈的厭煩。打從我放棄逃離房間起，失去機能的情感激昂起來。

我再也受不了誠司，受不了他的母親，受不了這個家。

再隔一天，也就是今天，我在早餐盤子底下，再次藏了給他母親的訊息。

「傍晚，我會趁誠司睡著的時候開門，請妳進來確認。」

鎖頭的密碼是我趁誠司開門時偷窺記住的。誠司只要呼呼大睡，之後稍微有點聲響也不會醒來。大概是判斷我不會逃跑，如今他已不會堵在房門前睡覺。這兩、三天或許是太勞累，他都一覺睡到早上。

下班回家看到盤底訊息，他的母親戰戰兢兢打開門。在門邊恭候的我，一等那張濃妝豔抹的臉探進房內，就將螺絲起子刺向她的脖頸。

鬆弛的頸部肥肉，比我想像中堅硬。捅到深達骨頭的程度，我使勁拔出螺絲起子，於是血從脖子開的洞噴出來。他的母親面露驚愕，按住脖子上的洞，然而，指縫瞬間湧出滿滿的血。「咦？哎呀……」她啞聲低喃，跌坐在地。

或許是失去出聲的力氣，她像金魚一樣蠕動著嘴，困惑地抬頭望著我。原來誠司的小眼與矮鼻是遺傳自母親，我俯看著她的臉逐漸失去血色。沒有逃避現實選擇打開門，試圖親眼見證兒子的所作所爲，或許是她的成長，但我無意饒恕她對我做的事。從她最後試圖告訴誠司的話可知，她根本不記得我曾拚命傳達的本名。

我用運動服的下襬，擦掉手上與臉上的血漬，將門鎖回原狀，把癱軟的母親留在原地，趕在誠司清醒前鑽回被窩。接著，我動也不動，旁觀事態的發展。

我特地掛上鎖頭，是要像誠司的推理一樣，誤導他是「美優菜」的人格殺害母親，帶給誠司超越單純殺害母親的痛苦，唯有這件事失敗了。儘管他看似因殺害男子失去理智而陷入混亂，思考卻超乎想像地冷靜。

誠司露出奇異的表情，直盯插著螺絲起子的太陽穴，僅有左腳的腳趾抽動，倒臥在被褥旁。掀開的運動服底下，蒼白的肚皮不斷起伏，他應該還活著，但似乎無法動彈。

我慎重地從被窩起身，誠司那仍呆滯地指著我的食指，莫名令我不煩躁，於是我使勁踩了下去。像是踩斷樹枝，觸感還不賴。

儘管有些踉蹌，我應該能走到電話旁。

不當「美優菜」將近兩年，我沒跟任何人交談，不知道說不說得了話？

伯勞鳥之家

一

穿過隧道後，翻越漫長的坡道，妝點筆直柏油路的整片綠意，在駕駛座寬敞車窗的彼端蔓延開來。

只有二線道的縣道左側，放眼望去是比棒球場大上好幾倍的高麗菜田，另一邊似乎在休耕，成了長滿白花三葉草與狗尾草等雜草的空地。半路上孤零零地放著一張像木製平台的長椅，似乎是社區公車站點的地標。

公車停下，咻地發出宛如嘆息的聲響打開車門。在火車站上車的幾名乘客全都在先前的市區下車，只剩下我一個人。

我小心翼翼避免踩到長達腳踝的連身裙襬，走下樓梯。將波士頓包與兩只紙袋放上翹起木刺的椅面，等公車開走以後，我雙手插腰向後伸展。早上九點從東京車站出發，一路轉乘北陸新幹線、在來線與公車，坐著不動將近四個小時才來到這個長野的偏鄉。

從天而降的初夏陽光刺得我閉起眼，長途旅行的勞累讓我有些暈眩。我緩緩吸入帶著青草氣息的空氣，等待身體狀態恢復。這陣子都窩在家裡工作，幾乎沒出門，光是搭電車和公車就累壞了。

我站在長椅旁按摩硬邦邦的脖子，一邊環視四周。無邊無際的藍天下，遠處八岳群峰環抱的廣漠山麓有著高麗菜田，另一端是一片連綿的蓊鬱杉林與平緩的山丘。那片森林前方，星星點點的紅色與藍色鐵皮屋之一，便是我出生長大的老家。

我從波士頓包的外袋取出手機。其實，我應該直接從火車站趕往醫院，但年長兩歲的姊姊和歌要我先回家一趟。

「我下午預定要去探病，沙也，妳先回家休息一下，再跟我一起過去吧。這樣還可以放行李，我們一起出現，媽也會開心。」

我在十年前離開老家去念大學，與姊姊除了偶爾傳訊以外，幾乎沒有交流，母親很擔心這件事。妳們只有彼此一個姊妹，感情好一點不吃虧——一有機會母親就會勸我與姊姊多往來，然而，我並未順從母親的期盼。不是我們感情差，而是若無要事，就沒話可說。一旦分隔兩地，有著相同血緣的家人反倒更容易陷入這種冷淡的關係。

姊姊沒特別來電或傳訊。我抵達火車站後，曾打電話給她卻沒接通，雖然留了語音訊息，但不確定她有沒有發現。不過，我事先通知她會在下午抵達，應該沒必要特地再次聯絡。我雙手提起放在長椅上的行李，踏上貫穿高麗菜田正中央的未鋪裝農路。

上次返鄉時，這條路充滿泥濘，走得十分艱辛，於是這次我乖乖穿了厚底球鞋。我沿著車痕，走過殘留拖拉車輪胎痕的顛簸道路。

杉林環抱、邊界杳渺的廣闊高麗菜田中，綠葉形成的球密密麻麻生長著，白粉蝶在上空若隱若現地飛舞。乍看之下是一片悠閒的景緻，但牠的幼蟲是會吃高麗菜葉的害蟲，在農家眼中只是一種困擾。小時候抓起我家田裡高麗菜上的菜蟲，常常會受到父親的稱讚。

母親是農家的獨生女，與父親這個隔壁鎮上的農家三男相親，讓父親入贅。他們從父母手上繼承了二千平方公尺左右的田地，一起生產高麗菜或萵苣之類的高原蔬菜。在我的記憶中，父親一直是個溫和、勤勞且疼小孩的人，但在二十年前，我小學二年級時，他遇上山難過世了。

母親的雙親早已退休，難以獨力維持耕作。因此，父親過世後，母親出售大部分的農地。雖然家計吃緊，但母親運用賣田所得在市區興建公寓，靠房租與在便當工廠工作的薪水，拉拔我和姊姊長大。我離開老家沒多久，外公外婆相繼因癌症去世，母親繼承了他們在市區的土地等遺產後，生活似乎稍微寬裕起來，偶爾還能跟朋友出外旅遊。

她大概天生熱愛農務，如今依然會在老家後院的小田地種植給家人吃的蔬菜，三不五時會用報紙包裹，寄送高麗菜、大白菜與日本芥菜到我東京的住處。儘管我屢次抱怨這麼多菜一個人吃不完，但自從她反過來要我趕快找個好對象幫忙吃以後，我就不吭一聲地收下，盡快消化完畢。雖然是越幫越忙，一想到她是掛念住在遠方的女兒，還是令人欣慰，而我也一直尊敬著堅強又溫柔的母親。

走到田地中央一帶，向右拐繼續往下走幾分鐘，來到沿著盡頭的杉林鋪設的道路。這裡是只有一輛車寬的平緩斜坡，在樹蔭遮蔽之下，比前面的路好走許多。從小學到高中，我都是走這條路上學，每當農耕用的輕型卡車通過，都得避到道路邊緣。偶爾還會有騎著腳踏車閃躲卡車的學生掉進田裡。

走過一如往昔的故鄉風景，一邊追憶兒時，想到我早上還在東京，有種不可思議的感覺。明明只需半天車程，上次回老家，卻已是幾年前姊姊身體有恙辭職時，受母親之託前來查看。

我決定離開家鄉，是爲了從事嚮往的職業。

我原本就喜歡閱讀和寫作，曾入選本縣讀書心得大賽，從小就懷抱著模糊的期待，希望未來能從事與雜誌或書籍相關的工作。升上高中二年級，我與母親討論出路，考慮到出版社多位在東京，我以打工補貼部分生活費爲條件，進入東京一家勉強算是知名私校的大學文學系。畢業後，第一份工作是數位雜誌公司的約聘員工，往後撰稿工作逐漸增加，我在二十五歲成爲自由工作者。

最初，我都是按照客戶的指示，寫些介紹美食、電影與熱門景點的報導。後來，爲了增加自身的優勢，我報名函授課程，花了一年取得理財顧問二級執照。目前，我在數位與紙本媒體兩邊，皆有針對同世代女性傳授儲蓄與節約之道的專欄，算是相當忙碌。去年，我終於出版有關單身女子資產運用的書，在合作的人氣插畫家加持之下銷量不俗，現在正籌備第二集。

我好幾年沒交過男友，但我有志趣相投的朋友，工作也很充實。縱然會擔心長時間窩在家裡面對電腦螢幕有害健康，不過靠做自己喜歡的事賺錢，過著沒有家庭負擔的自在生活，已堪稱是得天獨厚。

正因如此，對於出生以來從未遠離老家的姊姊，我懷著複雜的思緒，既有罪惡感，也有微微的排斥。

或許是遺傳到矮個子的母親，姊姊從孩提時代就身形嬌小，外公外婆常常稱讚她像個娃娃，很疼愛她。而我大概得到了父系的遺傳，從小身材高大。小學低年級我就超越姊姊的身高，外公外婆感到十分傻眼，覺得一個女孩長成這樣多難看。這大概是鄉下長輩獨有的觀感，如今回想起來，外公外婆對姊姊這個神似獨生女的長孫，偏愛得非常露骨。他們常給姊姊零食或零用錢，母親還曾爲此抗議。

長相也不例外，姊姊生著一張具有親和力的圓臉，我卻是馬臉。由於我們長相差太多，父親不時開玩笑，說我是他在高麗菜田撿回來的棄嬰。

姊姊會聽信父親這種玩笑，號啕大哭。她的個性就是這麼單純隨和，對我這個妹妹一直很溫柔。收到外公外婆給的零食與零用錢，隨後也會分給我。只不過，有時她心軟過頭，反倒與周遭格格不入。

父親過世不久前的暑假，兒童會舉辦活動，前往杉林後方的山上賞鳥。那是個例行活動，召集村裡的孩童，每個人拿著望遠鏡，仰望森林上空尋找野鳥，聆聽鳥鳴。

導覽的叔叔聽見伯勞鳥的叫聲，講起杜鵑托卵的話題。

「杜鵑這種鳥，會把蛋下在伯勞鳥或畫眉鳥的巢裡，這叫托卵。杜鵑幼鳥比其他的蛋早孵化，還沒睜開眼就會把其他的蛋揹到背上，丟出巢外。牠們就是靠著這種方式，獨占成鳥送來的食物。」

聽了叔叔說的杜鵑鳥殘忍的生態，我和其他孩童直呼恐怖，像是聽到鬼故事般喧鬧。然而，姊姊的反應卻不同。我跑去找遠離團體獨自使用望遠鏡的姊姊，告訴她剛剛聽到的杜鵑托卵行爲。

「杜鵑就是像這樣在其他鳥類的巢裡下蛋，騙牠們養育自己的幼鳥。而杜鵑的幼鳥會殺掉伯勞的幼鳥。」

我興奮地告訴她這件事，沒想到姊姊面色蒼白，狠狠瞪著我。

「好過分，爲什麼要這麼做？這樣伯勞鳥很可憐耶。」

姊姊氣得雙眼泛淚，險惡的氣氛讓周遭的小朋友都不敢說話，逼得導覽叔叔出聲緩頰。

她就像這樣，不太擅長與人交際。姊姊在學校往往是邊緣人，中學與高中分別有半年與一年的時間拒絕上學。

高中畢業後，她想成為寵物美容師，進入需要搭電車通學的職校，卻與學校的風氣不對盤，念了一年左右就休學。此後，她輾轉在超商或迴轉壽司之類的店打工，但都只待個一年半載就辭職。貨運公司的配送管理職是她做最久的工作，卻也在幾年前因腰痛辭職。

如今姊姊偶爾會去當倉庫驗貨或是工廠生產線的臨時工，仰賴母親在便當工廠的收入過活。從貨運公司辭職時，我們母女三人商量過未來的事。我也做了一番努力，調查故鄉的職缺，提出適合姊姊的新職場，姊姊卻說對業種沒興趣婉拒。最後，我們決定在母親還能工作的期間，姊姊在不會過度操勞的範圍內工作就好。我每個月也會寄錢回老家，給家人微薄的生活補貼。

儘管姊姊的外貌、個性以及生活方式都跟我天差地遠，我還是很喜歡姊姊，也覺得她已盡力而為。實際上，姊姊雖然極少出門工作，相對地，煮飯、洗衣與打掃等家事，幾乎都由她包辦。

只不過，母親今年五十六歲，加上原本就瘦削，即使現在身體還十分硬朗，我仍擔心未來會有變數。就在此時，姊姊突然通知我，母親要住院。

「據說媽的大腸裡長了息肉，醫生說一定要開刀。」

基於衛生管理原則，母親任職的便當工廠，員工除了定期健康檢查以外，每個月還會採便一次，檢驗細菌。母親在春季的檢查驗出糞便潛血，於是又接受內視鏡檢查，息肉就是在這時候發現的。

「雖然不算大，醫生說一定要切除。」

幸好，姊姊說醫生會採用對身體負擔較小的腹腔鏡手術，住院一週即可出院。但當我得知需要全身麻醉，仍決定配合手術日期返鄉。調整完工作行程，我打電話給母親，告訴她會去陪病。

「還有和歌在，妳專程過來太遠了，用不著特地跑這一趟。」

嘴上這麼說，母親的聲音明顯比平常開朗，似乎爲遠方女兒的提議感到欣慰。

我慢慢走近道路前方若隱若現的住宅。有些一如往昔是灰溜溜的沙漿壁面配上鐵皮屋頂，有些似乎整修過，全新的外牆光可鑑人。我家屬於前者，在坡道中段的柿子樹對面，可看到那幢久經日曬褪色的藍色鐵皮屋頂，搭配乳黃色牆壁的雙層透天厝。在我心中是熟悉的景色，卻也像遙遠記憶中的景象。

建地前的混凝土製水溝蓋，好幾年前就缺了一角沒補，我小心翼翼地跨過去。距離玄關幾公尺的方形前庭鋪著碎石，並有一排泛白的踏腳石。院子正中央停著母親與姊姊共用的黑色輕型汽車，左側永遠開著鐵捲門的車庫裡，還有一輛輕型卡車。兩輛都開了將近十年沒換過。

玄關前，母親打造的花壇裡種著橘色與黃色的萬壽菊，後方則有大朵藍色牽牛花沉甸甸地垂著頭。花壇一旁的黑色水缸裡，假如還活著的話，鱂魚與青金魚應該也還和樂融融地優游其中。

我緩緩循著踏腳石前進，再次瞻仰十八歲前居住的這個家。沙漿壁面在腰部的高度貼有紅褐色磁磚，充滿昭和時代的風情。建築正前方的左邊是玄關拉門，右邊有一扇窗戶挽起白蕾絲窗簾。二樓在玄關突出的屋簷上方有扇小窗，左邊則是一扇大窗。大窗是從前我住的兒童房的窗戶，蕾絲窗簾的另一邊透出令人懷念的黃色碎花窗簾。

安裝擋雪板的藍色鐵皮屋頂，在我中學時期曾因嚴重鏽蝕而重新塗裝，如今已褪色不少。我曾建議母親別再重新油漆，乾脆藉這個機會改裝成時髦的歐風磚瓦屋頂，但她主張鐵皮屋才是雪國首選，不肯理會。

玄關拉門的右上方，掛著老舊的木製門牌，只刻著我們的姓氏「葛城」。寒酸的質感與過去無異，不過，門牌旁牆壁的龜裂感覺比之前來得大。我按下安裝在裂縫正下方的全新影像對講機。隔著鋁框玻璃門，傳來悠長的門鈴聲，屋內有人小跑步出來。

「路上辛苦了。妳回來得眞早，累了吧？」

門喀啦喀啦地打開，姊姊和歌彷彿感到炫目，瞇起雙眼，抬頭望著我，不及肩的烏黑學生頭，髮絲隨之搖曳。或許是極少化妝，她年過三十還有點娃娃臉。無論是單眼皮的雙眸或是鼻子，五官整體都十分小巧，這樣的臉蛋上，與母親相仿的外翻厚唇還是一樣醒目。

「我回來了。新幹線眞的好快。今天不是假日，車上沒什麼人。這是給妳的土產，這邊是要拿去醫院的。」

我將點心禮盒的紙袋遞過去，姊姊用兩隻小手鄭重其事地捧過去。

「妳上次回來，也買了這種點心吧？我覺得很好吃，一直想再嘗嘗。」

姊姊沒仔細看紙袋就向我道謝。這是去年六本木剛開幕的西點店的葡萄奶油夾心餅乾，我不記得送過類似的伴手禮，於是不置可否地笑著點頭。

不知道是有意識或無意識，姊姊習慣剔除自己不感興趣的事物的資訊。即使如此，她仍會爲了討好對方，隨口附和，日後對方發現她根本沒認眞聽進去或發言前後矛盾，往往會引發問題。她在人際關係上經常受挫，恐怕就是因爲這種習性。姊姊沒有絲毫惡意，是眞心顧慮對方才說那些話，卻反受其害。

我也曾爲姊姊這毛病惱怒，如今只感到無可奈何。不過，有時會感到寂寞也是事實。

「沙也從以前就很會寫文章，我倒是不太愛看書。天啊，字太小，我頭都痛起來了。」

向她展示第一次刊出我寫的報導的美食資訊網站時，姊姊嘴上誇獎，卻只瞥了一眼螢幕就放下手機。她大概也不在乎介紹麻布十番法國菜的文章，但我很難過她連看都不肯看。

「我到站曾打回家，但沒人接。妳沒聽到電話嗎？」

我將脫下的運動鞋排整齊，詢問身後的姊姊。

「最近很多莫名其妙的來電，我不太接電話。而且今天妳要回來，我從早就忙著收拾打掃。」

據說，近年來針對鄉下人的特殊詐騙有增長的趨勢，姊姊大概是在提防詐騙集團吧。

「我來把妳送的點心供到神桌上。棉被我已拿到妳的房間，妳先去放行李吧。」

姊姊朝著客廳移動，一邊指向通往二樓的樓梯。外公外婆蓋的這幢透天厝，屋齡應該有四十年了。一樓有廚房、五坪的客廳、和客廳相隔一道紙門的四坪神明廳與三坪客房。二樓則由四坪的和室，與兩個三坪的房間構成。

儘管房子不大，當初是委託技術高明的木工來建造，歷經九年前的大地震也沒有半點歪斜。

我抱著波士頓包爬上陡峭的樓梯。走廊左邊的門內是姊姊的房間，右邊是我從前使用的兒童房。一開門，宛如日曬衣物的乾燥氣味撲面而來。

書桌與書櫃都放在原本的地方。桌上放著我一直用到高中的字典，書櫃上排放著小時候讀過的少女漫畫與文庫本小說。從前熱愛的推理與奇幻小說系列作，由於冊數太多，我在搬去東京的時候全部留在老家。櫃子最下層收著學校的畢業紀念冊，以及小時候常常翻閱的動物、植物或太空圖鑑。這些都是上托兒所的時候父親買給我的。

書櫃對面的壁櫥前，放著母親網購的飛輪健身車，不過三坪的房間還有充足的空間供我睡覺。摺得整整齊齊的客用棉被就堆在門旁。

我把行李擱在棉被旁就下樓。從玄關望去，位於右側的是客廳，與鋪木地板的廚房隔著一道玻璃門，除了隆冬之外，這道門總是敞開。廚房被一張四人座的餐桌，以及據說是外婆嫁妝的豪華櫥櫃占據，明明有三坪卻顯得狹小。

客廳中央有一張大矮桌，面對緣廊的紙門那側有一台大型液晶電視，還放著一座老舊的櫃子，上頭擺有茶具組與紀念旅行買的木芥子人偶等雜物。電視對面，有張與榻榻米和室稍嫌格格不入的黃綠色布面單人沙發。那是前年母親節，我送給抱怨跪坐膝蓋會痛的母親的禮物。

只有廁所與浴室八年前曾動用外公外婆的遺產翻新，其他都跟我還待在老家時沒什麼兩樣。宛如時光停滯的景象，雖然令人懷念，我卻感到有些喘不過氣。

「妳這件連身裙真好看，哪裡買的？」

在隔壁神明廳雙手合十，拜過父親與外公外婆的遺照後，我在矮桌前坐下，正將熱開水倒進茶壺的姊姊這麼問起。這件深藍底色搭配復古白色印花的連身裙，是我春天剛買的新歡。

「在橫濱的店買的，我記得是英國的牌子。」

「這樣啊。這附近沒有會賣這種衣服的店，東京果然不一樣。」

她連我剛剛才說的「橫濱」都沒聽進去。姊姊的老毛病令我失笑，我打開配茶的醬菜保鮮盒。

「探病時間到幾點？如果需要帶什麼東西過去，我可以幫忙。」

聽到我這麼問，姊姊端給我冒著熱氣的茶杯，瞥了一眼從以前就掛在客廳與神明廳交界處，氣窗下方的方形木框時鐘。

「到下午五點半，慢慢來沒關係。因爲手術前要禁食，今天大概只能帶飲料。」

「這樣啊，媽沒辦法馬上吃我的伴手禮。」

我買了母親喜歡的淺草番薯金鍔（註）想帶去醫院，早知道就選更耐放的點心。

「醫生說手術兩天以後，就能開始吃柔軟的食物。」

「那大概沒問題，我記得賞味期限應該是在兩週內。」

姊姊將茶杯湊近嘴，手伸向桌上的遙控器，打開電視。她轉到播放談話性節目的頻道，不發一語地盯著螢幕。

註：一種日式點心，內餡以寒天固定成四角形，沾上麵糊，用鐵板把每一面煎熟而成。

我沒什麼想聊的事，便跟著姊姊一起看電視。我們都沒有男友與特別的興趣，也不與親戚來往，除了母親以外，沒有共通話題。

「沙也，妳會待多久？」

談話性節目中的女律師談起藝人外遇時，姊姊突然轉向我。

「沒辦法待到媽出院，不過待三、四天沒問題。有什麼要做的事嗎？」

她的態度有點嚴肅，我以為是住院需要人手幫忙。豈料，姊姊脫口而出的話題，卻超乎我的預期。

「這樣啊。碰上這樣的機會，我想和妳談談將來的事。看媽要是有個萬一，這個家該怎麼處理。」

談話的方向超出我的想像，還不知道怎麼回應，姊姊再次開口。

「至今我們沒怎麼討論這個問題，不過媽是第一次住院，現在媽和我同住，但我從沒問過妳有什麼打算。我認為應該趁媽還健康的時候，我們兩個人好好商量決定。」

聽到這番話，我恍然大悟。由於母親住院，姊姊開始思考家族的未來。老實說，我覺得姊姊過於隨和，不太可靠，原來比起我這個鮮少返鄉的不孝女，她更為這個家著想。

「也對，的確該趁這個機會商量好。」

我表示贊同，不合時宜地感到有些欣慰。姊姊露出窺探的表情歪起頭，靠在矮桌上的雙手合握。

「那先說我的期望。假如媽有什麼不測，我希望妳拋棄繼承。」

我起了一陣雞皮疙瘩，一時之間無法理解姊姊的意思。

「等等，妳說拋棄繼承，意思是這幢房子、土地和其他財產，全部由妳繼承？」

保險起見，我向姊姊確認。姊姊一臉嚴肅，緩緩點頭。

我在理財顧問的函授課程中，學過關於繼承與不動產的知識，但從沒把自己老家的價值放在心上。不僅在鄉下，以建築物來說，屋齡四十年也沒什麼價值，想必不太值錢。但除了老家以外，母親名下應該還有父親過世時賣田蓋的公寓，以及從外公外婆那邊繼承的土地等遺產。加上這些資產，價值就會變得相當可觀。

我不介意與母親同居的姊姊多拿一點遺產，但實在無法接受全數歸姊姊所有。

爲什麼她會突然說出這種話？我不敢置信地喃喃自語，無法回應半個字，只能茫然地注視著坐在對面的姊姊。

姊姊同情地皺起眉頭，回望著我，說出從二十年前那一天，至今遲遲沒說出的話。

「畢竟我們家會變成這樣——爸會過世，都是妳害的。」

二

我凝視著姊姊放在矮桌上的白皙雙手。剪得又短又整齊的指甲小巧渾圓，恰似母親的指甲。我長方形的指甲則跟父親的相似。父親生得一張方形的馬臉，頭髮略略鬈曲，肩背寬闊，笑口常開。他很疼愛跟自己相像的我。

正因如此，那天他才會在夕陽西下時，入山尋找迷路的我。

當父母務農時，我與姊姊常常在附近一起玩耍。不過，田地旁邊的杉樹林直通後山，十分危險，大人禁止我們進去。就讀小學二年級的我，平常並不會故意破壞規矩。

那時候我難得跟姊姊吵架。原因是什麼，我記不太清楚。由於被姊姊的話激怒，我當場離去，頭也不回地從農路步入森林。

整地過的杉樹林中，樹與樹的間隔頗大，走進森林一陣子還看得到田地。約莫一公尺寬的小徑兩側矗立著漆成紅色的木樁，只要認明這個指標就不怕迷路。

正值酷暑告終、秋意漸深的時節，林中偶爾會有清風吹來。隨風搖曳的杉樹根部，長著葉片碩大的蕨類，年輕的楓樹雖然高度不過及腰，形似小小掌心的樹葉依然長滿整棵樹。我望著這些景象，獨自爬上林中小徑。

走了大概半小時，我發現田地在不知不覺間離開視線範圍，於是打算折返。心慌意亂的我沒確認紅色木樁指標，錯把杉樹之間的空隙當成道路，鑽進去走下斜坡。走了好久還是沒看到田地，這才發現自己搞錯方向。我立刻爬上斜坡，然而，瞪大眼睛再怎麼搜尋，我始終找不到紅色木樁。

我在斜坡上上下下尋找木樁指標。氣喘吁吁，胸口發疼，腳步蹣跚，跌倒了好幾次。雙腿與手心沾滿污泥，汗水濡濕的上衣弄得我好不舒服。

我沒大聲呼救。父母再三叮囑不可以進入森林，要是發現我迷路，不知道會有多生氣。我一心想在事跡敗露前回家，焦慮地走遍山中。夕陽西下，我終於累倒，無法動彈。

比起體力透支，我更像是心靈受挫。再怎麼努力也找不到回家的路，腳底又破皮痛得要命，跌倒時竹枝劃過臉頰的傷也在抽痛。我覺得自己走投無路，號啕大哭起來。我蹲在杉樹根上，呼喚著父母，一邊落淚。

天色漸暗，在歸巢烏鴉的啼聲中，遠處響起汽車的喇叭聲，每一次都按得又長又久。然而，聲音的方向難以判斷。太陽下山，森林化爲漆黑的陰影。伸展的枝葉看起來就像巨大生物的手臂，非常嚇人。每當樹葉被風沙沙吹響，我就會擔心是不是有什麼東西正在接近，縮起身子發抖。

那天的風很強，晚上氣溫下降，冷得我都快凍僵了。幸運的是，在我還沒失溫過多時，來尋人的消防團員就找到我。四周已是一片黑暗。

耳邊傳來踩踏樹枝的聲音，以及「沙也小妹妹！」的呼喚聲，於是我大聲呼救。黑暗中，若隱若現的手電筒燈光朝我靠近，不久，一名與父親同輩、穿深藍色工作服的男人冒了出來。比父親矮小的叔叔對著我蹲下，揚起嘴角，露出一口白牙，笑著問我是不是沙也小妹妹。

叔叔揹著我下山，稱讚我很努力。叔叔的背十分暖和，皺巴巴的制服傳來跟我家不一樣的洗衣精香味，以及像營火的氣味。

一出森林，母親便從田地朝我直奔過來，將我緊緊抱在懷裡，低聲慶幸。接著母親將我放下來，一臉嚴肅地步向停在農路上的輕型卡車。她將手伸進開著車燈的駕駛座窗戶，用力壓了好久的喇叭。這時，我才知道在森林中聽到的喇叭聲，就是母親的暗號。在近處聽著，胸口不禁發緊，我感到心痛欲裂。

「爸爸還沒回來，他去找妳了。」

站在卡車旁的姊姊低著頭，細如蚊蚋地低語。

「對不起，沙也。拜託妳別告訴媽媽，我說了壞心眼的話。」

一說完，姊姊的雙眼立刻流出淚水。比我大兩歲的姊姊，當時就讀小學四年級。想到因爲姊妹吵架，妹妹和爸爸行蹤不明，她一定是坐立難安。看到姊姊的眼淚，由於過度恐懼而麻痺的情緒再次湧現。我和姊姊呼喚著父親，一邊哭泣。

隔天尋獲冷冰冰的父親遺體時，我反而沒哭得這麼凶。

我借住在父親的老家，有人來通知，於是爺爺開著灰色小貨車載我們去醫院。搭乘電梯來到地下的太平間，只見父親躺在小小的床上，身上蓋著白布。父親雙眼緊閉，嘴唇微張，彷彿有話要說。臉孔明明與平常的父親沒兩樣，神色卻是我未曾見過的蒼白，我感到很害怕。母親緊抓著動也不動的父親落淚，我碰到父親冰冷發硬的臉頰，比起悲傷，更感到害怕。

我家出大事了。雖然心裡明白，但我無法立刻接受。那個時候，我第一次看到母親流淚。

父親似乎認爲我從森林跑到後山，與以杉樹林爲中心搜索的人分開行動。儘管旁人解釋孩童的腳程不可能跑那麼遠，他卻堅持後山有懸崖又有小溪，萬一我眞的進了山，不盡快救出會有危險。爲了救我而整晚找遍後山的父親，死於失溫。

假如我沒有打破禁忌進入森林、沒有迷路，一家人的命運就不會改變。父親與母親大概會繼續恩愛地種植高麗菜。

母親或許是不希望我自責，反覆強調「這不是沙也的錯」，但擺明就是。

回想起來，我會離開老家，或許就是因爲這段往事，才不是爲了從事夢想已久的工作。我愚蠢的行爲害死父親，我想逃避這個事實。

「我知道，是我害的。」

我不帶感情地贊同姊姊的發言。姊姊的雙眼瞬間閃過像是欣喜，又像是安心的晦暗光芒。暖風吹進緣廊的滑軌紗窗，釘在屋簷上的風鈴發出清脆聲響。

「差不多該去醫院陪媽了。」

姊姊垂下目光，握住矮桌上喝到一半的茶杯。

「我也不想在這種時候提，但不知道下次什麼時候才能談。見到媽之前，我想先讓妳知道我的想法。妳回去之前慢慢考慮。」

姊姊僵硬地說完，便起身走進廚房。

母親入住的是位於新幹線車站附近的綜合醫院，外科病房在四樓。出了電梯，服務櫃檯就在旁邊，姊姊向護理師點頭致意。兩人大概已熟識，護理師直接將寫著號碼的訪客用塑膠名牌交給我們，指示我們用酒精消毒雙手。

我跟著姊姊進入四人病房。沒有其他訪客，病房鴉雀無聲。一拉開位在門旁、編號與名牌相同的圍簾，戴著耳機躺在床上看電視的母親抬起臉。

「沙也，謝謝妳特地回來。累了吧？來，快坐下。」

母親挺起身子，將放在枕邊的圓凳推給我。原本有張圓臉的母親，看起來比以前消瘦了一些。聽說她正因手術禁食，但在背後挽成一束的長髮缺乏光澤，雙頰也沒什麼血色。透出淺藍色病人服袖口的手臂，明明就長期受到農務的鍛鍊，如今卻顯得又細又不可靠。

「現在身體沒有哪裡不舒服嗎？」

我坐下來，湊近母親低聲詢問。

「沒有。我本來對症狀就沒有自覺，是靠健康檢查才查出來的。不過，沒辦法吃飯果然很難受。雖然醫院還是幫我補充了營養。」

母親露出苦笑，指向病床旁的點滴。點滴管的末端，用膠帶貼在母親的手背上。

「我們明天幾點過來比較好？」

我心痛得不忍看她，趕緊抬起頭詢問。

「手術是在中午，妳們能在十一點前過來嗎？我一定要在麻醉前看看妳們。對了，醫生表示，手術前想再向家人說明一下。去問櫃檯的護理師，就會幫妳們帶路，記得回去前問一下。」

姊姊說要買飲料就離開病房，我和母親聊了一會我在東京的生活，以及最近的工作。儘管聲音虛弱，她的表情卻開朗如常，久違地與母親面對面聊天，我頓時把剛剛跟姊姊的對話拋在腦後。

姊姊提出的繼承問題，最好等手術結束，跟母親三個人一起商量。

她搬出父親的事，一時之間我無言以對，但我實在不覺得該接受姊姊的要求。況且，這種事也不該瞞著母親決定。

「那我們明天再來，妳今天好好休息。」

等姊姊回來，我和躺在床上揮手的母親道別，離開病房。向櫃檯的護理師問起醫師要爲家屬說明的事，對方請我們前往下一層樓的談話室。

坐在走廊長椅上與姊姊一起等待時，談話室的門開啓，一名年約五十，氣質溫和，黑白交雜的茂密眉毛底下掛著一副細框眼鏡的醫生探出頭。他的頭髮大概染過，烏黑的劉海整整齊齊梳成三七分。

「是葛城太太的家人嗎？請進。」

談話室中央擺著一張白色長桌，上頭有台筆記型電腦。率先坐下的醫師親切地請我們在對面的椅子落坐。

「之前我跟姊姊提過……」丟出這個前提後，醫師的表情稍微嚴肅起來。「切除息肉後，還得進行病理檢查，調查息肉是否癌化。如果發現是大腸癌，必須再次展開治療，這一點請您諒解。」

我第一次聽說這件事，不禁看了姊姊一眼。坐在隔壁的姊姊似乎沒注意到我的視線，一臉乖巧地點頭回應醫師的話。醫師轉向筆記型電腦的螢幕，繼續說明。

「檢查後，如果發現病程已惡化，可能會需要多動一個腸道切除手術。以部位來看，到時可能需要安裝人工肛門。這種情況下，建議全家一起思考術後該怎麼安排生活。」

望著醫師淡漠敘述的嘴，我陷入混亂。姊姊只說有息肉，開刀就能馬上治好。我壓根沒想到有癌症的可能，更不用提還有裝人工肛門的風險。

「對不起，我今天才剛回來，還沒聽說詳情。如果是癌症，開完刀生活會有什麼轉變？尤其是裝人工肛門以後，可以麻煩您解釋給我聽嗎？」

姊姊瞪著我，彷彿在責怪我多嘴。我視若無睹，從包包裡掏出筆記本和筆。這樣啊？醫生驚訝地挑眉，重新解釋起這次手術的風險。

「假如切除的息肉是癌細胞，這次全部切下就沒事了。如果擴散到周圍，連淋巴結和腸道都要切掉。現在長息肉的位置靠近直腸，可能需要裝人工肛門。之前我問過，葛城太太目前是在食品工廠工作吧？在衛生上，人工肛門當然沒有問題，但還需要周遭的人體諒。是否能繼續工作，最好跟公司的人商量一下。畢竟公司的廁所如果沒有設備，應該會很辛苦。家裡的廁所也可能需要整修。」

我邊作筆記邊思考未來該怎麼辦。如果母親必須辭去工作，還有將近十年才能領國民年金，這段期間就得過著吃老本的生活。況且，癌症開刀與治療也得花錢。不知道母親有沒有保險？我好後悔至今從沒和母親談過這方面的事。

「如果只是普通息肉，術後可以恢復原本的生活，不過從息肉的大小來看，有百分之十的機率會癌化，請兩位要有心理準備。病理檢查的結果，我會在手術後的一週內通知。」

聽見醫師這麼宣布，我茫然地向醫師鞠躬，請他多多照顧。姊姊在我身邊，始終低著頭，不發一語。

三

「這麼重要的事，妳為什麼沒跟我說？要是我知道，就能調整行程，在這邊待更久了。」

與醫師結束面談，來到醫院大門，我默默開口。其實，剛踏出談話室我就想逼問姊姊，只是醫院內不能大聲喧嘩。

「妳找我談繼承，難道就是因爲這件事？」

我與不發一語的姊姊在醫院的走廊上走著，腦袋逐漸冷靜下來，想起遺產繼承的問題。正要前往停車場的姊姊停下腳步，轉過身。她的雙唇緊閉，以挑釁的眼神望著我。儘管我猶豫著是否該在這裡頂撞她，最後下定決心說出口。

「我也明白媽要是得大腸癌，未來的生活會不好過，因此需要錢。但妳什麼都不說，我又怎麼能幫忙？眞要說起來，這不光是錢的問題。」

她的嘴角帶著笑意，略微歪曲。我不懂姊姊在想什麼，遲疑地繼續道。

「雖然有點匆忙，不過手術隔天我會暫時回東京一趟，一週後再過來。到時我們一起看檢查結果。如果是息肉就算了，萬一是最壞的情況，一起商量吧。」

這次回老家前，我提前交了稿子，暫時沒有接近截稿日的工作，不過因應情況可能得長期待在老家。這麼一來就得事先打點，調整成能在老家寫稿的狀態。

「商量又能怎樣？」

一直沉默不語的姊姊突然開口。

「要是媽得癌症，對妳也沒影響吧？妳去東京以後，回來的次數少得可憐。最後所有事一定會落在我身上，妳卻還想出一張嘴？」

她冷漠的視線停留在我身上。

「我沒告訴妳有癌症的可能，是因爲說了也沒用。反正妳只會像這樣跟我鬧，什麼都不做就拍拍屁股回東京。」

毫不客氣直戳痛處的話語，令我心如刀割。我想反駁沒這回事，卻彷彿窒息，發不出聲音。我不由得垂下目光，漆黑的濁流在腦中盤旋。

「妳也聽到醫師的說明了吧？目前癌症的機率是百分之十。裝人工肛門，是在癌症惡化、必須切除更多部位時，可能導致的其中一個結果。如果不是直腸癌，不會隨隨便便裝人工肛門。我不希望造成妳不必要的擔心，才沒告訴妳。」

回去吧——姊姊說完，便轉身離去。

我踩著沉重的腳步追上姊姊的背影，暗想自己究竟有什麼權利責備她，眼角不禁發熱。

我離開老家已過十年。這段期間，我過著自由自在的生活，偶爾心血來潮打電話回老家或送點生活費，就覺得盡了一份心力。我從沒考慮過，留在故鄉照顧母親的姊姊有何感受。

來到停在醫院停車場邊緣的黑色輕型汽車前，不知爲何姊姊不開門，面向環繞著醫院的花圃。聽到我逼近的腳步聲，她轉向我，默默招手。

我走到她的身邊，一股甜美華麗的香氣迎面而來。厚實光潤的綠葉長得十分茂密的植栽中，有數朵白色梔子花綻放。姊姊指向其中一朵。

「沙也，妳看，好像才剛羽化。」

定睛一看，像是梔子花的東西，其實是吊在樹枝上的白粉蝶。牠的正下方有個用透明絲線纏繞起來的蝶蛹，小到難以想像牠曾住在裡頭。

「正常狀況下都是在早上羽化。以前我想在暑假進行觀察，往往一醒來，籠子裡就有蝴蝶飛舞了。」

姊姊喃喃說著，露出懷念的眼神，望向如棉絮飄浮在天空的白雲。

「其實，關於爸的事，我原本打算一輩子放在心裡。」

姊姊仍望著天空，聲音有些顫抖。

「但媽生病後，我想了很多，不禁怨恨起人生怎會變成這樣。妳有個興趣，還能把興趣當成工作奮鬥，我卻什麼都沒有。」

我無言以對，凝視著姊姊蒼白的側臉。孩提時代容易落淚的她，那殘留著往昔陰影的眼神突然轉向我。

「沙也，對不起，我這個姊姊竟如此不中用。」

姊姊嘴角露出微弱的笑容，一行清淚滑落。

「姊姊，我們回家吧。」

我也望向空中，不去看姊姊的臉。蔚藍的天空令我目眩，胸口發緊。

「晚餐我們去吃點好料吧？雖然對禁食的媽很過意不去就是了。」

我用開朗的語氣提議。姊姊帶著笑意贊成，從包包拿出車鑰匙開了門。

「不如去吃燒肉？妳一個人住，應該很少吃吧？」

我鑽進副駕駛座，繫上安全帶後，姊姊發動車子。

「媽不喜歡吃油膩的東西，所以我也不吃。聽說縣道上開了一家新的燒肉店，他們用炭火烤肉，評價很好。」

我們火速決定就吃這家，我將姊姊說的店名輸入導航系統。開了約半小時的車，抵達烤肉店。當時是傍晚，店家剛開門。巨大的紅色招牌上用書法字寫著店名，圍了一圈閃閃發光的黃色電燈泡。

我們馬上入座，打開店員給的菜單。對方向我們推銷比較划算的家庭套餐，但我和姊姊吃不下那麼多，選擇單點自己想吃的橫膈膜肉、上等牛肚與牛舌等部位。姊姊說我不用開車可以喝酒，但我還是陪姊姊點了烏龍茶。不知為何，烏龍茶裝在啤酒杯裡，我們順勢乾杯。

「好久沒跟妳一起吃飯了，卻沒有久違的感覺。」

「是啊，總覺得這就是日常，沒什麼異樣。」

畢竟是一家人嘛。聽見姊姊充滿感慨的語氣，我又是好笑又是感動。

放在桌上的烤爐裝著紅通通的炭，要是不保持距離就會熱出一身汗。肉送上來後，姊姊從每一盤各夾了兩片去烤。

「肉要慢慢吃，不然一下就飽了。」

最先烤好的肋骨肉脂美柔軟，橫膈膜肉也鮮味十足，相當可口。夾在菜單裡的薄紙，以有特色的字體，寫著店家對食材的堅持，只提供優質和牛。

當我們飽餐一頓，甜點的刨冰送上來的時候，我向姊姊宣布在得知母親病況後，就一直在考慮的事。

「姊姊，我回來這邊工作吧？」

幸好我的工作只要有電腦與網路，在日本任何地方都能上工。偶爾需要採訪或當面開會，或許得在東京與長野兩邊跑，但即使考量到這一點，我也覺得這主意行得通。

面對我突如其來的提議，姊姊有點驚訝，握著湯匙沒立刻回應。不久後，她一臉困窘地嘆氣，勸我再仔細想一想。但聽我耐心解釋這並非不可行，她終於同意。

「我明白妳考慮了很多。那麼，等媽手術完、身體狀況穩定後，我們三個一起談談吧。」

結帳時，姊姊說母親有補貼，便一併買單。經過半小時的車程，回到家後，我和姊姊依序入浴，提早上床，爲明天做好準備。在散發熟悉的柔軟劑香氣的棉被包覆下，我滿腦子想著未來與母親手術的事，遲遲無法入睡。

隔天早上，吃完咖啡配吐司的簡單早餐，穿深藍長版上衣配白褲的我，與穿淺藍罩衫配黑喇叭裙的姊姊，分別打理完畢後，姊姊開著車載我前往醫院。

病房裡的母親已換好綠色手術衣，躺在用來移動到手術室的病床上，神色不免有些緊張。

「我只有看牙醫時麻醉過。麻醉是會越來越睏嗎？」

她眉頭深鎖，神色黯淡地垂下目光。儘管說是麻醉，實際上應該是擔心得了癌症。我緊緊握住白色床單上，她那隻插著點滴管的小手。

「聽說瞬間就會睡著。我有認識的人得疝氣開刀，護理師說要麻醉的下一秒，他就失去記憶了。」

我露出開朗的神情，提起從前一起採訪的攝影師的經歷。母親苦笑著說，這樣也有點可怕。

來到醫院後，姊姊一直心神不寧，頻頻查看手機，不斷進出病房。第一次遇上這種情況，她果然無法維持平靜。手術時間接近，護理師推著病床來迎接，我們搭上專用電梯前往手術室。

家屬只能陪同到手術室前，昨天爲我們說明的戴眼鏡的醫師，早已穿著深藍手術服在此等待。那三七分的頭髮，乾乾淨淨地收進了手術帽中。

「手術本身約需三個小時，等麻醉消退得再花一些時間，可能下午四點左右才能與令堂交談。」
「好的，萬事拜託了。媽，我們會等到妳開完刀，加油！」
我與姊姊輪流握著母親冰冷的手，送她進手術室。母親說她去去就回，朝我們露出笑容，躺在護理師推動的床上向我們揮手。
電視劇中常見的「手術中」標示燈亮起，姊姊說另一邊似乎有等候室，指向走廊盡頭。
那是個學校教室大小的空間，沒有自動販賣機與桌椅。除了我們以外，還有一名女性帶著約莫是小學生的兄弟倆，坐在深處的桌子旁喝咖啡，不知道是不是孩子們的父親在動手術。
「妳今天會一直待在醫院嗎？」
姊姊猶豫不決地杵在等待室門口，對我這麼問。
「是啊，當然。」
昨天和母親見面時也提過，我是來陪她開刀的，不能離開醫院。儘管不願思考這種可能性，但要是有什麼不測，我必須以家屬的身分表示意見。
「我臨時有事需要處理，可以離開兩小時左右嗎？」
姊姊說完，又看了一眼手機。從剛才開始她就毛毛躁躁，神情詭異，看來是有急事。

「可以啊，有我在應該沒問題。反正午餐我打算去院內商店買來吃。」

聽到我這麼回答，姊姊瞬間鬆了一口氣，遮遮掩掩地將手機收進肩背包。

「謝謝，幸好有妳在。那我兩小時後回來。」

她迅速說完，搖晃著裙襬走向電梯。我對姊姊的態度無法釋懷，在自動販賣機買了寶特瓶裝的茶，坐在窗邊的桌旁。姊姊沒囑咐若有問題要聯絡她，是相信不會有問題嗎？還是，她相當慌張？

會不會姊姊瞞著我，實際上有個交往對象？她表現出的態度，就像是對方堅持要見面，只好出去。或許是顧慮到我單身多年，不敢表明理由。

我有段時間沒跟姊姊聊感情方面的話題，但聽說她還在工作時曾有男同事追求。考慮到年齡，她有對象也不奇怪。

希望是能成爲姊姊支柱的穩重類型，我不由得想像起來。但根本還不確定她是否去找心上人，我不禁苦笑。

此刻，我完全沒想到，姊姊竟會一去不回。

四

「取下息肉進行病理檢查的結果，並未檢測出癌細胞，明天就可以出院了。」

我一直告訴自己不會有事，但手術一週後，與母親一同聽醫師報告時，還是感覺如釋重負。

「這次手術切掉了所有的息肉，不過三年內仍要繼續接受內視鏡檢查。這麼一來，就算引發癌症，也能及早治療。」

根據後續說明，這次的息肉叫「腺瘤性息肉」，屬於放著不管可能演變成癌症的種類。今後需要定期接受檢查，要是息肉再長出來，必須趕在尚未癌化前切除。尤其母親的雙親都死於癌症，從遺傳學角度來看是高風險群，得多加留心。

聽醫師叮嚀完出院後生活上的注意事項，我攙扶著只能慢慢行走的母親回病房。母親嘴上說不需要輪椅，卻一路跌跌撞撞，不得不握住牆上的扶手。我抓住她另一隻手臂，支撐著她。感覺到母親竟如此清瘦，我不禁心酸起來。

好不容易回到病房，母親坐上病床後，我提起明天要向醫院繳費與出院的手續。

「我對自己的駕駛技術不太有信心，我們搭計程車回家吧。我可以待在這邊一週，妳專心休養。妳不用煮飯，下田也一樣，指揮我去做就好。」

「對不起，給妳添麻煩了。」

母親愧疚地垂下眼。「媽，不用跟我道歉」，我開朗地回應，母親依然看著自己的大腿，虛弱地搖頭否認。

「這次雖然沒事，但我已有可能發展成癌症的心理準備。因爲我們家的親戚全都是這樣。想到未來得不斷開刀住院，身體又會不聽使喚，我就覺得長痛不如短痛。」

我不忍心看母親的表情，幫她排好床邊脫下的拖鞋，露出空虛的笑容，要她別想得這麼嚴重。從病人服透出的小腿縮水不少，失去彈性的皮膚蒼白如紙。

「明天有得忙了，妳好好休息吧。」

母親躺下來，我幫她蓋上被子，約好來迎接的時間就走出病房。

看診時間已結束，大廳只剩下我，跟另一個似乎同樣來探病的中年男子。中央的自動門已關閉，我推開旁邊的玻璃門步出醫院，比白天稍微涼爽的風吹過臉頰。

我準備前往公車站，走下大廳前的樓梯，看到一輛熟悉的黑色輕型汽車停在大門正面的人行道邊緣。我無法裝作沒看到，於是朝車子走近，敲敲副駕駛座的窗。對方一陣遲疑後，打開車門。

「沙也，對不起。媽的情況如何？」

從駕駛座將手伸向門邊的姊姊，不安地抬頭望著我。她大概沒睡，雙眼充血，臉色欠佳。即使如此，她似乎還記得今天是檢查結果出爐的日子。

「醫生說只是普通的息肉，不是癌症。在家休養一週，就能回去工作了。」

聽見我的回答，姊姊露出由衷慶幸的表情，嘆了一口氣。她看起來有些憔悴，頭髮像稻草般雜亂，身上那件似乎是新買來替換的廉價襯衫，也滲出汗漬。

「接下來妳要在車上談嗎？這種事妳應該不希望外人聽見吧？」

從手術當天以來，姊姊只回過一次訊息，我打過無數次電話，她都沒接。從麻醉消退醒來的母親口中問出一切時，我實在不明白她怎會走到這個地步，比起傻眼，更感到悲哀。

聽見我的話，她大概明白隱瞞已沒有意義。姊姊點點頭，繫上安全帶。我鑽進副駕駛座，避開姊姊的視線，將車窗稍微打開。想到接下來必須談論的事情，就覺得狹窄的車內令人窒息。姊姊發動車子，打了右轉的方向燈前進。

「所以，妳總共借了多少錢？」

在第一個紅綠燈停下時，我以此開啓話題。

「三百萬圓再多一點。」

姊姊或許已有覺悟，順從地回答。

當我告知姊姊離開醫院就沒回來，母親似乎馬上聯想到她的債務。據說，過去她也曾來不及繳款，整整三天沒回家。這段期間，有個自稱是金融公司員工的年輕女人，打了無數通電話到家裡，態度十分霸道。

「我可能記錯了付款日，那天抵達醫院時就接到要我立刻匯款的電話。我是第二次遲繳，對方說我不付就要找上門。本來打算去別的地方借錢來還，但我辦不了信用卡，眞的不知道該怎麼辦。」

於是，姊姊四處逃竄，直到今天。我從醫院回來，發現家裡的電話有十幾通給姊姊的語音留言。母親說，姊姊平常就很害怕金融業者的聯絡，總是不接電話。手術前一天，姊姊沒接我從車站打回家的電話，就是這個原因。

「但沒事了，我去找市政府的法律窗口諮詢，他們幫我降低利息。從今以後，我會避免延遲付款，絕不會給媽和妳帶來麻煩。我打算乖乖回家，開始打工。」

姊姊說得彷彿問題已解決的樣子，一副神清氣爽的表情，我一陣惱怒。

「妳爲什麼不跟我商量？眞要說起來，妳住老家又靠媽生活，怎會弄成這樣？」

我忍不住提高嗓門。原本愧疚地垂著眼的姊姊，忽然露出險惡的眼神面向我。號誌轉爲綠燈，姊姊隨著前方的車前進，不再看著我，娓娓道出至今爲止發生的事。

「我也有很多考量。像妳那種可以一個人在家做的工作，我留在這種鄉下地方應該也能做。有間公司表示能幫我介紹工作，我就去上課了。他們的教材不會很貴，只需要一台筆記型電腦。」

仔細一問，姊姊是遇到常見的兼差詐騙。歹徒宣稱介紹工作的條件，是要先買教材和筆記型電腦，課程就是單純看他們傳來的影片。等她看完，立刻索討註冊費用。如果事情到此爲止，損失本來可以控制在一百萬圓左右。

「但接到的案子沒想像中多，我還得償還借來的錢，才會打算盡量找好賺的兼差。」

「寫寫部落格就能拿錢的兼差，哪可能是正經的工作？妳怎會被這種手法矇騙？」

姊姊再次遇上兼差詐騙。歹徒表示，只要她寫商品業配文，幫忙宣傳，就會支付報酬。於是，她買下天價的健康食品，債務暴增三倍以上。

「妳做的還不就是這種工作？」

姊姊不耐煩地吐出這句話，我怒火中燒。

「別混爲一談。稍微想一下也知道，姊姊這種不看書的人，哪有辦法靠寫文章賺錢！」大概被我的怒氣震懾，姊姊不由得屏住呼吸。我以爲她又要扯一堆藉口，心生戒備，但她並未反駁，不發一語，繼續開車。

「說起來，妳沒有工作，怎麼借得到這麼多錢？」

這也是非問不可的疑點。姊姊說出三百萬圓這個金額時，我很疑惑爲何無業的姊姊有這麼高的可貸額度。她可能是向不會認眞審核的地下錢莊借錢，但既然能藉由法律諮詢服務調降利息，應該不是這類公司。

「我以爲媽跟妳說過了，原來妳不知道。非得談這件事不可嗎？」

面對我的質問，姊姊困窘地皺起眉頭。莫非有更難以啓齒的事？我感覺胃變得沉重。跟我說清楚——我僵硬地催促她。姊姊再三猶豫，才終於下定決心，向我坦白。

「其實，我不是妳的姊姊。」

姊姊的口氣像是在吐露什麼惡作劇。

她說的內容，我的腦袋無法反應。

父親曾笑我是從高麗菜田撿回來的小孩。只有姊姊像母親，無論是臉的輪廓、眼睛、嘴脣，甚至是指甲的形狀，我沒有一點與母親相似。

儘管表面上我以笑容回應父親的玩笑話，但我一直感到害怕。我很想和姊姊一樣哭出來。

接下來姊姊即將宣告什麼事，我毫無心理準備，只能緊握雙拳擱在腿上，渾身僵硬。沒想到，如此嚴陣以待，我卻聽到意外的答案。

「在高中時，我單獨成了外公外婆的養女。」

我眨眨眼睛，反覆思索這句話的意義。轉向駕駛座，只見姊姊微微吐氣，輕輕吹開蓋到臉頰的頭髮。

「那段時間我不是不敢去學校嗎？外公外婆好像很擔心我的未來。他們是老一輩的人，想得很誇張，覺得我大概無法去工作，也嫁不出去了。所以，他們希望我至少不用爲錢煩惱，主動表示要收我當養女，說這樣可以留給我更多遺產。媽不贊成，說怎麼可以姊妹待遇不一樣，卻拗不過他們。」

姊姊望著前方，嘴角露出詭異的笑容。

「所以在戶籍上，我是妳的阿姨。」

她突然坦白不是我的姊姊，我還害怕自己與姊姊沒有血緣關係，但並非如此。安心之餘，我恍然大悟，先前的疑問在腦中與姊姊的話搭上了線。若是這樣，金融公司會出借高達三百萬圓的錢，也就合理了。

「換句話說，八年前外公他們過世時，妳也繼承了遺產吧？妳抵押分得的土地，借到了錢。」

我離開老家不久，外公外婆相繼離世時，成了外公外婆養女的姊姊，跟身為親生女兒的我們母親分了遺產。我不清楚實際上是怎麼分的，但在法律上姊姊與母親成了姊妹，理當有權繼承一半遺產。

母親想必不敢告訴我這件事。母親總會勸阻只疼愛姊姊、凡事都給我這個妹妹差別待遇的外公外婆，然而在遺產問題上，她成了拿人手短的一方，恐怕難以大聲抗議。「對不起，我一直不敢說。」姊姊點頭承認，小聲向我道歉。

駛離市區，建築物數量驟減，只剩下三不五時出現的加油站與拉麵店等店鋪。彷彿無窮無盡的田地中，坐落著零星的小房子，從小熟悉的風景持續延伸。在國道開了一陣子，車子右轉進入縣道。道路兩旁被山近距離包夾，車流量變得稀疏。穿過幾個隧道，景色再次開闊起來。不消多久，染上暮色的高麗菜田映入眼簾，車子直直駛入其中。

我緘默不語，凝望著窗外流逝的暗橙色景象。

我還有一件事不明白，但不知道該不該說出口。

代替車站設置的長椅進入視野，車速漸漸放慢，開進農路。濕潤的夏草與泥土氣味，從打開的車窗竄入。

「姊，妳為什麼要跟我說那種話？」

不解開這個謎團，果然無法將此事畫下句點。

「妳不是拿到外公外婆的遺產了嗎？就算妳現在欠債，也沒道理逼我拋棄繼承。妳為什麼要這麼做——」

這還用說嗎？姊姊打斷我的話。

「因為我們家會變成這樣，還不就是妳害的。」

車子劇烈搖晃，駛離杉林沿線的柏油路。姊姊確認完左右狀況後，踩下油門。

到了這個地步，她還想拿父親的死當藉口？現在我可不會傻傻吞下她的指責。母親也說過，父親的死不是我的錯。

然而，姊姊接下來的話卻令我非常困惑。

「全怪妳說了那種話。」

我不清楚姊姊是指哪件事，疑惑地歪起頭。

「哪種話？」

姊姊直視前方，回答我的問題。那漆黑的眼珠散發幽光，凝視著遠方。

「小時候，妳不是跟我說過杜鵑鳥和伯勞鳥的生態嗎？」

父親過世那年，暑假有賞鳥活動。聽我講述這件事，姊姊臉色大變，哭著直說伯勞鳥很可憐。

「妳跟我說了那種話，我感到非常害怕。說不定，哪天我會像伯勞幼鳥一樣，被外面抱來的沙也殺掉。」

單純的姊姊把父親的玩笑話當眞了——那個長得不像母親也不像姊姊的我，不是親生而是養女的玩笑。

「所以，我想只要妳死掉就行了，於是在田邊玩耍的時候……」

平常總是很溫柔的姊姊，罕見地出言挑釁。

沙也是膽小鬼，一定不敢進去森林。

眞的全都是我的錯。

說完該說的話，姊姊露出鬧彆扭的表情，吐出一口氣，白皙的手冷不防朝我伸過來。指甲圓潤光潔的手指，在儀表板下的置物區翻找，拉出裝薄荷錠的盒子。不一會，寂靜的車內響起嚼碎薄荷錠的聲音，混合薄荷與蜜桃的甜膩香氣飄散開來。

至今我深信是姊姊的人，如今卻像是來路不明的生物，我感覺雙腿發軟。我再也不敢望向姊姊，感受到鄰座氣息的同時，一心一意注視著前方。

在昏黑的高麗菜田中，車子搖搖晃晃前進。點著燈的住宅，從遠方的幽暗中浮現。

但不管我怎麼凝神細看，我該回去的家早已沒入漆黑的陰影中，遍尋不著。

二度入梅

一

拉開客廳的窗簾，黑壓壓的天空與大樓的另一端，尚有殘存的橙色曙光隱隱繚繞。雨還沒開始下，不過從厚重雲層的密度來看，今天似乎也會是個雨天。

我推開陽台落地窗，露出紗窗，讓室內通風。伴隨著稀疏的蟬鳴，樹木與泥土的氣息從公寓建地內的公園攀升而來。孩子們還在念小學時，這個時間公園內廣場的收音機體操已開始，不過這陣子似乎停止活動了。或許過了十幾年，這種社區活動也會逐漸消失。

我呼吸著蘊含濕度的空氣，站在廚房水槽前洗手，從冰箱拿出兩顆蛋，與裝著煮好的雞肉漢堡排的保鮮盒。趁著打蛋攪拌之際，將漢堡排連同保鮮盒一起放進微波爐加熱。

打從好幾年以前，我就習慣事先準備好幾種菜色，早上只要裝進便當盒就好。一個上班就待在廚房的人，回家還要做菜實在麻煩。我任職的托兒所備餐室同事也說過類似的話。即使如此，一直以來，我都希望盡量能讓孩子們吃自己煮的菜。

我將油倒進銅製玉子燒鍋並以大火加熱，接著倒入蛋液，戳破氣泡。等蛋轉爲半熟，從遠端往內捲起，再推回遠端倒入蛋液。重複兩次動作，煎出玉子燒後，我拿出矽膠分隔杯塞入漢堡排。玉子燒等冷卻後再切。這段期間，我將胡麻菠菜和小番茄等蔬果配菜裝進便當。

當我包好便當，打開客廳的電視時，穿著短袖T恤和運動褲的哲生，頂著一頭亂髮醒來了。

「早安，今天第一堂就有課嗎？」

「對，中文。」

兒子就讀東京都內的大學，從川崎自宅搭電車，再徒步前往，需耗費四十分鐘。即使他從未比我早出門，第一堂就有課的那天，得在七點前起床。

昨天哲生似乎熬夜到很晚，他揉揉眼鏡底下睏倦的雙眸，轉向電視。身高將近一百八十公分，卻駝背又瘦弱，看起來實在不怎麼可靠。小學時代，我曾試著勸他運動，送他上游泳課，又讓他學體操，本人似乎不甘不願。中學時他進了科學社，高中則加入資訊技術社，過著與運動無緣的學生生活。

我認爲只要能從興趣中獲得快樂就好，但年長他三歲的姊姊彩花，常常抱怨我太寵哲生。彩花與哲生形成對比，她個子嬌小但體態勻稱，從中學到高中都隸屬體操社。畢業於都內的短大，目前在千葉縣內的健身房擔任教練，離開老家獨居。她偶爾回來，都是爲了逛這邊才有的店，囤了一堆衣服。

「幫我看一下氣象預報，幾點會開始下雨？」

我使喚坐在沙發上玩手機的哲生，同時將豆子倒進咖啡機。兒子的回應被磨豆聲蓋過，不過電視螢幕左上方顯示著雲傘各半的符號。七月中旬才終於出梅，進入這週後又連日陰雨。

「你只要一片吐司嗎？」

我邊問邊將吐司放進烤箱。

「對。」

儘管始終看著手機，光是他乖乖回話，我就該謝天謝地。自從三個月前發生某件事以來，哲生便把自己關在房間裡，直到上個月都不肯跟我交談。

從小就文靜乖巧的兒子，到了大學出現這種行爲，我實在困惑。我很擔心是不是他幼兒時期偶爾會出現症狀的不語症復發了。這種病的患者在焦慮上升或特定情境下無法言語，我曾在托兒所老師的建議下帶他就醫，不過這次理由非常清楚，看來跟過去是兩回事。

自從在哲生小時候離婚以來，我和前夫就不曾聯絡，沒有可以商量的對象。再怎麼擔心也只能先觀察狀況，但看來他已隨著時間調適過來。哲生的態度逐漸緩和，目前我們說得上不少話。

在咖啡機轉爲保溫模式的同時，土司也烤好了。我將昨晚剩下的火腿沙拉放上餐桌，哲生起身拿著兩個馬克杯過來。等哲生倒完咖啡，我把裝著土司的盤子端到桌上。

我們在四人座餐桌面對面坐下。哲生微微合起雙手，說聲「我開動了」就咬起吐司。彩花對弟弟這個舉動很不以爲然，總說這樣很遜。我倒是認爲，他改不了自小養成的習慣的樣子，十分惹人憐愛。

我轉到晨間新聞的頻道，邊吃早餐邊談論近期的大小事與娛樂新聞。哲生不是會主動開口聊天的人，自從彩花搬出去住，通常都是我單方面搭話。即使說的都是瑣事，這種一起吃飯閒聊的時間還是非常寶貴。

由於父母早逝，離婚後我無法依靠老家。我邊工作邊獨力撫養孩子長大，深知要維持良好的親子關係，就得付出努力。我總是提醒自己，相處的時間不多，便該盡量多看看孩子的臉，多聽聽他們的聲音。

「媽媽今天預定六點到家，晚餐有沒有想吃的料理？」

這是從他們小時候我就天天會問的問題。這陣子哲生不太會指定晚餐的菜色，但我還是會詢問。哲生目光游移，陷入思考，接著搖搖頭。

「我跟別人有約，會吃完晚餐再回家。」

「這樣啊，跟誰？」

「同系的朋友……」

「不是打工地點的朋友？」

他回答前有些遲疑，我莫名介意，忍不住多問了一句。

哲生沒有回應，僵著臉把吃到一半的吐司放回盤子上。他轉向電視，不耐煩地輕嘆一口氣。

彩花早就提醒過我，對哲生管太多，但一不注意，我總會失控。最近我自覺格外謹慎，看來又搞砸了。

我如坐針氈，收拾完餐具，走到洗臉台，刷牙後快速化個妝。由於表情陰沉，臉看起來比平常蒼老。我邊畫口紅，邊爲自己感到丟臉。

「媽媽要出門了，記得要帶傘喔。」

確認玄關的傘架放著哲生的透明傘，我隔著客廳的門出聲叮嚀。他的傘一天到晚被人拿錯，我幫他在握把上纏了水藍色膠帶做記號。

我豎起耳朵也沒聽到哲生的回應，只傳來採訪觀光景點的女記者興奮的聲音。

「早安，須崎太太，妳今天搭公車嗎？」

進入備餐室，早我一步上工的年輕調理人員，邊向我打招呼邊繫上圍裙。路上塞車害我比平常晚到，不過距離上班時間八點還安全得很。

「下午好像會下雨，不適合騎腳踏車。」

「我是請家人送我過來。早上看電視新聞報導，梅雨結束卻遲遲沒放晴，就叫『二度入梅』。」

「我們大概是看同一頻道，今年梅雨已算是結束得晚了。」

閒聊天氣的同時整裝完畢，我們一起清洗昨天超時托育用的餐具。這段期間，其他員工抵達備餐室，大家分頭開始作業，煮學童喝的麥茶或清潔調理台。

這家涵蓋零歲到五歲學童的托兒所，規模約有一百五十人。備餐室由我這個營養師與三名備餐人員，共四人運作。在比托育區略大的空間內，入口側設有靠牆的配膳台，窗側最深處擺著業務用電鍋與雙口瓦斯爐。左邊是離乳食專用的調理區，中央有安裝小型雙口瓦斯爐與水槽的調理台。左右兩邊靠牆是冰箱與洗碗區，格局精簡，便於活動。

負責調理的人員中，有兩名二十幾歲的單身女子，以及一名與我同樣是四十後半的女性。配合學童年齡，除了一般菜單以外，還得泡奶粉或製作離乳食，員工卻不成比例地少。然而，這個人數已符合本市的規定。

最費工夫的是製作營養午餐，四名員工全部投入洗菜、切菜等備料手續。外人常以爲營養師的工作是擬定菜單，實際上遠遠不及像這樣動手煮飯的時間。

「須崎太太，我現在有空，來做離乳食吧。」

河合幸惠早就切完沙拉用的蔬菜，著手準備稀飯。比我年長兩歲的幸惠，以前是計時人員，去年獨生子出社會後，轉爲正職人員。我們在這家托兒所共事了四年。儘管體態豐腴，她卻十分靈敏，能代替我指揮其他同事，相當可靠。

我轉開幸惠旁邊的爐子，製作水煮雞絲。經過清淡調味，再以葛粉勾芡就大功告成。離乳食的供應時間比其他餐點還早，必須在備料期間抽空進行準備。

「話說，哲生那件事解決了嗎？」

搖晃著盛有雞絲的鍋子，在我身邊弄涼稀飯的幸惠開口詢問。年輕同事正好出去發麥茶。

「解決了。他說沒再跟前女友見面，也有去上課。」

這件事我只告訴過幸惠。三月下旬，哲生突然表示要休學。他說有想結婚的對象，打算去找工作來養家。

晚餐後，他臉色凝重，支支吾吾地宣布這件事時，我嚇得一句話都說不出口。哲生才大學二年級，爲了出社會後能從事科技相關的工作，就讀設有資訊科技系的國立大學，一直以來認眞向學。

哲生交了女朋友，我早在去年秋天就從他心花怒放的模樣看出端倪。兒子在平安夜穿著時髦的西裝外套出門，我又是落寞又是竊喜。我不動聲色地傳訊給彩花，女兒告訴我，那件外套是哲生向她徵詢約會服裝的意見，她精挑細選買來送弟弟的禮物。刀子口豆腐心的彩花離家後，仍關心哲生，常常透過電話與簡訊跟他噓寒問暖。

只是，彩花似乎也沒聽哲生說過，跟他約會的對象，是年長他七歲的單親媽媽。

哲生的戀人，是他打工的便利商店的同事，育有兩歲的女兒，名叫佐山美玲。她與孩子的父親在一年前離婚，將孩子寄放在附近的老家，出外工作。

交往不到半年，怎會論及婚嫁？我的心七上八下，深怕他們是有了愛的結晶。沒想到，哲生僅主張想幫助獨自撫養女兒的美玲，儘管說得結結巴巴，語氣卻慷慨激昂。細聽之下，美玲似乎向哲生哭訴當職業婦女有多困難，於是哲生認爲有義務幫助她。

下個週末，我召開家庭會議，連彩花也從千葉趕來。在我與彩花的說服下，哲生終於放棄休學。我們要求哲生向她表明自己的決定，幾天之後，美玲就帶著年幼的女兒上門。

星期日的白天，電鈴響起，我確認監視器，只見一個二十來歲，脂粉未施的陌生女子低著頭。她自稱姓佐山，我認出她就是哲生的交往對象。她本人跟想像中的單親媽媽不一樣，我有點訝異。我懷著戒心打開門。

長長的直髮綁成公主頭，穿灰色外套搭及膝黑色百褶裙，打扮樸素的美玲在玄關一見到我，立刻低頭賠罪。

「我輕率的行為給您添了麻煩，眞的非常抱歉。」

美玲遞出西點禮盒，說是聊表歉意，怎麼看都是正經乖巧的女性。

微微下垂的一雙大眼，配上小巧的鼻子與薄唇，她的長相普通，不怎麼引人注意，倒是皮膚如嬰兒般細緻白皙。由於事出突然，無處寄放，只能跟過來的美玲女兒，穿著白色荷葉領的深藍色洋裝，一臉緊張，內向的模樣跟母親神似。起初，她坐在美玲腿上不肯下來，我爲她轉到卡通頻道，她終於展現孩子氣的一面，沉迷於電視。

美玲爲自己身爲一兒之母，還跟在學的哲生發展戀愛關係致歉，表示會辭去打工，今後不再與哲生見面。

她大概先行知會過，哲生在我的身旁，垂著頭聆聽美玲的話。只有「不再見面」這句話冒出來時，哲生抬頭望著美玲。然而，美玲面不改色地回望，他又忍耐著低下頭。美玲似乎心意已決，不再看向哲生。

「我很感動哲生有這份心意，不忍心明白拒絕。目前光是養這孩子，我已精疲力竭，不考慮再婚。我曖昧不明的態度使得府上也擔心起來，眞的非常抱歉。」

一問之下，說要結婚的其實是哲生，她從哲生口中得知家人反對，感到十分訝異。幾經考慮下，成功說服哲生，前來斬斷情絲與致歉。

得知哲生與年長七歲的單親媽媽交往時，女方的不知好歹令我惱怒，一見面卻覺得她挺有常識，反倒是因爲有家累，她顯得比我工作場所同世代的同事有擔當。

「女方是個規矩的人，特地來家裡道歉，應該不用擔心了。」

「眞正有規矩的人，才不會家裡有幼兒，還對大學生下手。」

幸惠停下分裝稀飯的手，氣得橫眉豎眼。打從一開始，她對美玲的批評就比我還不留情。

「面對這種外表老實的女人，不能掉以輕心，勸妳最好留意哲生的狀況。他應該被那女的傷得很重吧。」

美玲提出分手後，哲生傷心過度，的確好一陣子沒去上學。我出門工作期間，他似乎會乖乖吃飯，但怎麼搭話都充耳不聞，把自己關在房間。說不定，他覺得會失去美玲都是因爲母親反對，對我懷恨在心。

姊姊彩花也很關心哲生，打了無數通電話給他。或許是在向姊姊傾訴的過程中，他漸漸整理好心情。黃金週結束，他已走出陰霾，回到校園，也慢慢肯跟我交談了。

「對方搞不好會吃定哲生難忘舊情，主動聯絡他。分手後的那段時間最危險了。要是以爲事情解決就放下戒心，他們說不定會暗中復合了。」

是身邊實際發生過這種情況嗎？幸惠不悅地皺起眉頭，提出忠告，聲音大得我不禁看了下走廊，似乎沒有年輕同事回來的動靜。

「這應該不用擔心，聽說女方已找到新對象。」

「搞什麼，不是三個月前才分手？」

幸惠雙眼瞪得斗大。哲生告訴我的時候，我也有點困惑。

「大概是兩週前，兒子晚歸，樣子不太對勁，我忍不住問是不是跟那個女人怎麼了。於是他告訴我，對方已交到新男友，不會再跟她見面。」

哲生沒好氣的回應，讓我不敢追問詳情，不過他怎會知道這種事？或許打工的同事中，有人跟美玲還保持聯繫。

「果然，這種看起來人畜無害的女人，一出招比誰都狠。」

幸惠和美玲素未謀面，卻似乎深有所感，頻頻點頭。

「這麼一來，哲生不再是妖女的目標，妳眞的可以放心了。」

「話是沒錯。」

我爲「妖女」這個老派的措辭苦笑，同時想起之前彩花對美玲的評論。

「畢竟聽哲生的說法，那個佐山小姐有點陰險，可能是表裡不一的人。」

美玲上門告知會跟哲生分手後，彩花看起來鬆了一口氣，卻說起她對美玲與哲生的關係感到介意的地方。

「哲生的耳根子軟，對她言聽計從。她要是想吃什麼，就會傳訊息叫他跑腿。之前哲生爲了幫她買高級吐司，排了整整一個小時的隊。」

聽說這件事的時候，我很驚訝外表老實的美鈴竟會如此任性。或許就像幸惠說的，她意外是個表裡不一的人。

無論如何，既然她有新歡就用不著擔心，但有一點我仍耿耿於懷。

最近哲生常常吃完晚餐才回家。兩週前也一樣，本人宣稱是跟朋友見面，但他原本不常社交，突然轉性令我感到不對勁，於是我不著痕跡地向幸惠提起。

「可能是迎來新的學年，交到新的朋友，不過未免太頻繁了。」

不僅如此，他還曾遮掩手機，擺出警戒萬分的態度。

「我也覺得過度刺探不好，但不管怎麼問，他都很不耐煩，不肯回答。有幾次，他甚至整晚沒回家。」

看到我露出愁容，幸惠笑了出來。「一個念到大學的男生，這樣很正常啦。」

「我兒子也是三天兩頭徹夜不歸。再說，孩子才不會跟父母深聊朋友的事。妳年輕時也是這樣吧？」

也對。同意歸同意，我仍無法消除內心的擔憂。這算是母親的直覺。每當孩子撒謊或有事隱瞞，我就是感覺得出來。

「不好意思，小雞班把裝麥茶的水壺打翻了。還有剩的麥茶嗎？」

年輕同事一臉不知所措地歸來，哲生的話題到此為止。為了應付這種狀況，我們總會多煮一些麥茶，不必重新來過。

處理完突發事件，全員再次回到調理作業上。今天的菜色是美乃滋味噌烤鮭魚、通心粉沙拉、海帶湯和白飯。按下大型電鍋的開關，眾人分頭仔細剔除近百片的鮭魚切片的骨頭。

「你們離老花眼還早得很，我和須崎太太倒是不太妙。」

幸惠的發言逗笑了年輕同事。我們邊動手邊談天說地，聊最近看的連續劇或風評好的瘦身妙方。全程站立的勞務很考驗體力，但遠比坐辦公桌的職業適合我。

「十一點校方要檢查餐點，弄完這些就分組處理主餐和配菜吧。今天由我和幸惠負責主餐。」

我指揮同事，並繼續趕工，目標是在十一點半準時供餐。

將完成的營養午餐裝進大型容器，分送到各班後，我們輪流午休，再收拾餐具。趁著這段空檔，我向廠商確認明天要進的貨，並出席所長與老師的會議。

下午則要準備點心。這家托兒所提供現做的下午茶。今天要動用全部四座蒸籠，製作加了細地瓜絲的蒸蛋糕。不管冷氣再冷，還是會蒸出滿身大汗，大家都希望夏天不要做這道點心，偏偏小朋友就愛這一味。儘管上午降雨削減了一些暑氣，製作上百個蒸蛋糕依然是項苦差事。

下午茶時間結束，收拾完餐具年輕同事就下班了。我請幸惠準備要給超時托育的小朋友吃的餐點，自己在備餐室對面的職員室進行文書作業，訂購下週的食材與撰寫營養午餐快訊。

「須崎太太，妳的手機從剛才就響個不停。」

下午五點的下班時間將至，正在寫工作日誌的幸惠突然這麼提醒我。我專注於不拿手的經費計算上，渾然未覺。轉成震動模式、放在桌面文件上的手機正在震動，一看來電號碼，是川崎市的市話。偶爾廠商會因緊急狀況而直接來電，我原本猜想是這麼回事。

「您好，我是須崎。」

「不好意思，請問是須崎哲生先生的家屬嗎？」

剛硬的男性聲音令我不寒而慄。我據實回答，視線無意義地飄向職員室的窗戶。下了半天的雨，院子裡積了一攤大水窪。在母親牽引下行走的孩童撐著一把黃傘，在黯淡的風景中格外醒目。

「我是川崎西警署的津島。本日下午三點，佐山美玲小姐遭人發現在自宅重傷命危，哲生先生被列爲本案的關係人，正在接受偵訊。我們也想詢問家屬一些問題，能麻煩妳來一趟嗎？」

二

計程車直接開到警署的大門前。我匆忙下車，差點被放在身體左側的傘絆倒。我沒跟托兒所方面詳述理由，只說有急事就提早半小時下班。

我向櫃檯人員報上名字，解釋兒子因案件受到偵訊。櫃檯內的年輕女警表情似乎僵住了。電話中並未說明詳情，想必是嚴重的案件。不知道是意外，還是碰到強盜而受害？在計程車上聽到的廣播節目，並未報導這樣的新聞，那麼，爲何哲生要接受偵訊？

沒等多久，聯絡我的津島刑警出現。他看起來跟我歲數相仿，體格壯碩卻有張圓臉，給人柔和的印象，比起警察更像是學校老師。

「不好意思，勞煩妳在雨天跑這一趟。我們聽哲生先生親口說過他今天的行動了，想跟他身邊的人再次確認。」

津島過意不去地說完，率先走向內部的一張桌子。像是銀行的貸款窗口，桌子一角架設了隔板。桌邊放著兩把鐵椅，我往其中一把鐵椅坐下。津島跟著在我對面坐下，將夾有橫線專用紙的夾板放在面前，握起原子筆。在我抵達前，他似乎在進行文書工作，大大的右手小指邊緣沾上了墨水。

「請告訴我哲生先生離家的時間。如果他白天曾聯絡妳，也麻煩說一下時間。」

我不知道該把眼睛往哪裡放，決定盯著對面的津島手邊，回答他的問題。我告訴他，哲生第一節有課，應該跟平常一樣，在七點五十分出門，以及他今天都沒打電話給我。津島寫下我說的話，字跡整齊，有稜有角。

「我比他早出門上班，不清楚正確時間。總之，如果第一節有課，通常都是這個時間。」

「原來如此。那麼，他今天有沒有提過會去哪裡？」

「他說晚上要和朋友吃飯——請教一下，爲什麼我兒子會遭到偵訊？他的確跟佐山小姐交往過，但很久以前就分手了。」

津島始終不解釋，我只好主動詢問。津島有些意外，翻翻夾板上的紙張，避開我的視線，加了一些字。隨後，他煞有介事地雙手在桌上交握，開口：

「事情的經過是這樣的：佐山母女居住的公寓鄰居報案，說聽到孩子的慘叫聲，員警趕往現場，發現佐山美玲小姐倒在地上，而哲生先生就在現場。」

我一時之間不懂他的意思，傻乎乎地「啊」了一聲，茫然望著一臉認眞的津島。

「屋內只有佐山小姐哭哭啼啼的女兒，以及哲生先生。佐山小姐被鈍器之類的物體擊中頭部，還被人雙手掐住脖子施暴，目前尚未恢復意識。女兒沒有受傷，但目擊行凶過程，受到打擊，精神相當混亂——不過她才兩歲，不方便向她問話，我們才詢問哲生先生。」

聽著津島的說明，我緩緩點頭，淚水在腦袋反應過來前滑落。

我想從膝上的包包拿出手帕，卻不小心弄掉了整個包包，摔出來的手機在地板滑行。

「太太，請振作點。我只是在問話。」

津島彎下腰，撿起手機遞給我。他同情地皺起眉，直視著我。

「妳還有其他孩子嗎？」

我抱著包包重新坐正後，津島問道。

「我有女兒——哲生有個姊姊。」

「有姊姊啊。如果有需要，可以聯絡她。妳和哲生先生的父親離婚了，對吧？」

我猛然抬頭。他怎麼知道？腦袋變得一片空白。不過，我隨即想到是哲生說的。

「哲生先生說不知道父親的聯絡方式，我們只能打給母親。」

「我和哲生的父親在他三歲時離婚，此後我再也沒讓他們見面。我也沒跟他父親保持聯絡。」

不知道津島掌握了多少，我感到很害怕，雙腿不禁顫抖。我實在不認爲，年僅三歲的哲生會清楚記得當時的事，不過他也可能是聽彩花說的。

「這樣啊。既然親權歸屬太太這邊，我們就不會聯絡父親那邊了，請放心。還有其他同居的家人嗎？」

對方的語氣雖然沉穩，視線卻令我備感壓力。我搖頭否定，同時因他沒詢問離婚理由而鬆了一口氣。

「我明白了，麻煩妳在知道的範圍內回答就好。請問哲生先生和佐山小姐交往過嗎？」

握著原子筆的津島探出身子。他的聲音與先前截然不同，感覺嚴肅許多。

「他們似乎從去年秋天起交往了半年左右。兩人是透過打工認識——哲生對這段關係非常認眞，考慮過結婚。」

說出口後，我才擔心起這句話會不會不利於哲生。

「當然，我勸過他，畢竟還是學生，希望他打消念頭。於是，哲生和佐山小姐協議分手。」

「妳知道是在什麼時候嗎？」

津島搖著筆桿，簡短詢問。

「是大學放春假的時候，約莫是三月到四月之間。而且，佐山小姐好像已交到新男友。」

「哦，是嗎？」

津島停下動作，抬起臉。哲生沒提出這件事嗎？津島盯著我，示意我繼續說下去。然而，我卻像喉頭梗塞，說不出話。心跳猛烈到我不禁懷疑津島聽見了。

「請問……」

好不容易開口，我忍不住環視四周。穿制服的警官各自在座位上埋首工作，有的打電話，有的寫文件。辦公區彼端，櫃檯前走廊的深處，有好幾扇並排的門。

「哲生在哪裡？我想跟他說話。」

這下我才發現自己輕率的發言，可能害哲生多出不必要的嫌疑。坐在這裡看不清楚門上標示版寫的字，哲生是不是就在那個房間的某處？

哲生怎麼可能傷害任何人？他只是碰巧待在佐山美玲重傷的現場。我不清楚怎會演變成這種狀況，但如果這不是意外而是凶殺案，光是他身在現場，就可能被視爲嫌犯。

「哲生是怎麼說的？爲什麼他會去佐山小姐的家——」

「非常抱歉，我不能透露任何哲生先生供述的內容。」

津島語氣嚴厲地打斷我。「供述」這個不屬於日常對話的詞彙，讓我有種彷彿在看連續劇的空虛感。

「向妳透露哲生先生說過的話，可能會讓妳的說詞改變。妳懂我的意思吧？」

意思就是，我們可能會串供。我筆直回望津島，點點頭。我絕不會再多嘴了，我發誓。

「哲生很少提起佐山小姐，這種話題不太會跟母親聊。很抱歉，幫不上你的忙。」

我狠狠撂下這段話。「這樣啊。」津島看起來有些畏縮，視線垂落在自己的手邊。接下來，他再次詢問我哲生的人際關係與美玲的事，我只說不清楚。

之後，津島換了提問的方式，費盡心機就是要問出哲生和美玲的關係。好在我改變態度，即使看起來有話想說，津島也沒進一步追問。

「我的問題到此爲止，今天妳可以回去了。謝謝妳抽空配合。」

津島終於說出這句話時，時間已接近晚上七點。我們談了超過一個小時。

「不會。哲生可以跟我一起回去嗎？他明天大學有必修課。」

我邊起身邊詢問，津島露出同情的眼神。

「目前還在偵訊，應該很難。坦白說，哲生先生對自己與佐山小姐的關係，或爲何待在現場，這些與案件相關的問題，他一概保持沉默。」

難怪津島想從我身上套出情報。恍然大悟的同時，我也產生新的憂慮與疑問。爲什麼哲生不肯談這些事？對於哲生與美玲的關係，警方怎麼還沒掌握到任何情報？

「要是狀況有所改變，我會再聯絡。然後——」

津島似乎有些難以啓齒，從口袋拿出手機。

「佐山小姐的案件剛才上了新聞。令郎的名字沒登出來，但未來可能會有媒體前往府上採訪，還請小心。發生任何問題警方都會處理，可以的話，建議先別待在家比較好。」

津島將手機螢幕轉向我，上頭顯示網路新聞的標題「川崎市女性重傷，遭人勒頸昏迷」，感覺緊接在後的「目前正在向待在現場的男性釐清案情」這串文字逐漸淡出，我的手反射性地撐在桌上。看來，我差點就要昏倒了。

津島陪我走到警署門口，沒發現像是媒體記者的人。離開建築物後，我用傘遮著臉走到大馬路上，拚命轉動混亂的腦袋，思考接下來該做什麼。

只要找到對美玲施暴的眞凶，哲生應當就能立刻獲釋。然而，警方目前似乎懷疑待在現場的哲生與案件有關。爲什麼哲生不肯好好解釋？那種狀況下，會惹來嫌疑也不意外。

哲生不可能是眞凶，應該不會被逮捕。哲生才不會對女性動手動腳，更不要說是在她的兩歲女兒眼前施暴。

我打從心底慶幸佐山美玲撿回一條命。只是，她陷入昏迷讓我很心急。要是美玲能溝通，證明眞凶是另一個人，哲生就不會遭警方拘留。

聯絡托兒所之前，我先打給彩花。但大概是上班時間關機，轉到語音信箱。我傳訊息告訴她，佐山美玲出事，待在現場的哲生正在接受偵訊。隨後我招了計程車，報出家裡的地址。就算要暫別自宅，我也得回去拿日用品和現金等必要物品。

我在公寓前下車。環視四周，只見上班族與學生走在回家的路上，沒什麼與平常不一樣的地方。即使如此，我仍不由得加快腳步，穿過入口，鑽進電梯。

老家已不復存在，也沒有親密到能讓我在這種時候借住的朋友，我打算暫住商務旅館。在腦中清點著存摺、衣服和化妝品等必備物品，走出電梯時，我發現走廊深處有個人影。我家門前，站著一名提著黑色公事包的西裝男子。

我握住包包裡的手機，心想要是有個萬一，就打電話報警。一邊警戒一邊靠近，男人似乎也注意到我，向我點頭致意。

他是個陌生人，比哲生略矮。中等身材，淋了雨的鬈髮形成波浪狀。神情緊張，一雙大眼骨溜溜轉來轉去的模樣，彷彿是態度軟弱的推銷員。一張娃娃臉難以推測年齡，我猜應該三十來歲。

「妳好，請問是須崎哲生先生的母親嗎？」

大概是顧慮到鄰居，他小聲詢問。見我點頭承認，他隨即從公事包的外袋取出名片夾。

「敝姓岸根，是家庭法律事務所的律師，想跟妳談一下哲生先生的事。」

我一頭霧水地收下名片。我在車站前的大樓看過這家法律事務所的招牌。名片中央印著

「律師　岸根拓彌」。律師為何會在這種時候找上門，我毫無頭緒。

「不好意思，請問你想談什麼？如果哲生曾去貴事務所諮詢，他什麼都沒跟我透露。」

我語帶拒絕，希望他知難而退。對方張望四周後，露出歉疚的表情，將聲音壓得更低，說道：

「我是代表佐山美玲小姐的家人過來。之前，佐山小姐就曾為須崎哲生先生對她苦苦糾纏——也就是跟蹤行為，找敝所諮詢。」

三

我請岸根去距離公寓徒步十分鐘路程的喫茶店等待，匆匆忙忙將換洗衣物、健保卡與現金等塞進行李箱，再趕過去。踏進店裡，只見岸根望著手機螢幕，桌上放著冰咖啡。注意到我進來，他連忙將手機蓋在桌上。

「很抱歉，在家裡出事的時候打擾妳。我原本是想跟本人談，但實在很難見到面，不久之後就發生這種事——」

岸根一臉正經，向剛入座並點完餐點的我低頭致歉。我哪有立場讓人跟我賠不是？我不知道該怎麼回應，只好請他別介意。

「我認爲至少必須跟太太妳見個面，說明至今爲止的狀況。不好意思，這麼晚了還上門拜訪。畢竟我只知道地址和市話……」

岸根畢恭畢敬地再次低頭行禮。他是否認爲，這起案件是自己導致的？在這種明亮的地方一看，不知是不是我多心，他的臉色感覺很差。只見他手指抹著玻璃杯表面的結露，像是在猶豫該怎麼開口。

「我想請教一下，哲生眞的纏著佐山小姐不放嗎？我聽本人說，他們早已分手，而且佐山小姐也有新對象了吧？」

等待熱咖啡的期間，我主動開口。岸根點點頭，像是下定決心，娓娓道來。

「或許錯就錯在佐山小姐告訴他有新情人的事。哲生先生似乎覺得佐山小姐背叛了他，也就是懷疑交往時，她腳踏兩條船。佐山小姐否認，哲生先生卻無法接受，傳了無數通訊息叫她不要撒謊。最後，他甚至直接闖進佐山小姐的公寓。」

聽著岸根的話，我想到哲生的心情，不禁一陣心痛。

兩週前，聽哲生說美玲交了新男友，我其實也懷疑過相同的事。哲生和美玲分手才三個月，家裡有年幼的女兒，又剛辭職，她不太可能立刻交新男友。

結識另一名男性的機會應該有限，既然如此，大概是她與哲生交往時就有來往的對象。即使她否認，也無從證明。我兒子無法接受也是人之常情。

「聽哲生的說法，他們分手不到三個月，她就有新對象了。哲生會認爲她劈腿也很正常吧？他只是希望佐山小姐說實話，又沒要求復合，怎能把他當成跟蹤狂？」

我用顫抖的聲音奮力擁護哲生。

「聽刑警說，哲生沒把佐山小姐對他做的事供出來，對於兩人的關係和今天的案件一概保持沉默。我也沒詳細說明，但要是把這些內情解釋清楚，警方會覺得佐山小姐的行徑才可疑吧？」

有錯的是玩弄哲生的美玲。我拚命陳訴，岸根卻皺皺眉頭，以前所未有的嚴厲表情望著我。

「妳似乎不太瞭解狀況。多次傳送讓對方感到威脅的訊息，或是會面遭拒還硬闖住宅，都是犯罪行爲。實際上應該要報警，但佐山小姐認爲哲生先生是前途無限的學生，才找敝所商量。」

光是兒子被當成罪犯，我的心情就如墜深淵，然而岸根的下一句話，讓我遭受更大的衝擊。

「我眞應該不顧佐山小姐的意願，勸她去找警察商量。這麼一來，在哲生先生將手伸向她的脖子前——在這種殺人命案發生之前，就能請警方採取對策了。」

聽見「殺人」二字，我的胸口彷彿刺進一根粗木樁。岸根似乎打從心底爲自己的判斷後悔，凝視著自己放在桌上的手。跟我時常碰水而變得粗糙的手不同，那是一雙光滑白淨的手。岸根認定哲生就是襲擊佐山美玲的眞凶。

「請等一下，哲生只是碰巧在場，才被警方找去問話。刑警也這麼說。」

「普通的關係人不會被留在警署，進行好幾個小時的偵訊。警方應該是預期他會從關係人轉成嫌犯。從媒體爆出的消息來看，警方顯然認爲哲生先生就是眞凶。」

我實在難以置信。哲生那樣的人，怎麼可能會傷害他人？他從小就溫和又善良，還是個開飯前會雙手合十訴說感謝的孩子。

這不可能，絕不可能。我不斷用力否認，抵抗到最後一刻。

「哲生才不會動用暴力，更別說對方是有幼子的女性。我家小孩——哲生眞的很善良，才不會傷害別人。」

我滔滔不絕地飛快解釋，感覺到身體逐漸冷卻。坐在對面的岸根抬起臉，目光如炬地緊盯著我，開了口。

「哲生先生以前似乎跟佐山小姐提過，妳和哲生先生的父親是因家暴而離婚吧？」

——哲生還記得。

我的背脊竄過一陣寒意，渾身彷彿冰凍般無法動彈。

「那又怎樣？哲生和他爸爸是不一樣的人。」

我勉強擠出這句話，不敢抬起頭，直盯著白色咖啡杯，輕輕呼吸，熬過胸口的苦悶。

「我不是說暴力會遺傳，但親眼見到夫妻之間的暴力，會對孩子的精神或行爲造成重大影響。妳知道有一份資料指出，看著父親對母親進行肢體暴力長大的孩子，有百分之幾的機率也會對自己的伴侶施暴嗎？再說，某種程度上，性格特質依然會遺傳。哲生先生是不是比一般人更容易氣昏頭？」

岸根的話語，讓我不禁想起哲生小時候的事。

與丈夫離婚時，彩花六歲，哲生三歲。

大學畢業後，我第一個職場是長照中心，在那裡認識推銷復健用品的丈夫，並走入禮堂。從交往到結婚，雖然吵過架，他從來不曾對我動手。丈夫發生改變，是在哲生過了一歲以後。

小孩哭聲太吵、房間很亂……丈夫開始爲細故發火，不時埋怨我。有一次，丈夫晚上小酌，像平常一樣批評我做家事不用心。剛結束育嬰假回到職場的我回了嘴，說我們既然是雙薪家庭，他不滿意就該自己來。下一秒，還剩一半的啤酒瓶就朝我飛過來。

幸運的是，瓶子沒砸中。隔天早上，丈夫一次次向我鞠躬道歉，說他眞的做錯了，乞求我的原諒。此後，他暫時沒有爆發怒意。然而半年後，哄孩子睡著，不小心自己也在客廳熟睡的我，被醉醺醺回到家的丈夫用腳猛踹，鎖骨斷裂。

那陣子，丈夫從業務部調到會計部，不甘願的人事異動導致他的工作壓力變大，不自主地增加酒量。他原本就對數字不拿手，自尊卻又高人一等，無法忍受被比他小的上司指出錯誤。我盡可能不觸怒丈夫，試著努力改善夫妻關係，暴力仍日漸加劇，除了逃跑我別無選擇。

我用自己的存款租房子，帶著孩子離家。丈夫也明白我們回不去了。我們協議離婚沒多久，我就轉職到待遇較低、但上班時間有彈性的這家托兒所，配合彩花上小學，搬到目前居住的公寓。聽說離婚後，丈夫回到故鄉北海道，從事其他工作。

大概是目睹我受到家暴的模樣，彩花並不思念父親，但哲生無法融入新的托兒所，吃了苦頭。個性文靜、不擅長交新朋友的哲生，成了霸凌的目標，不單玩具被搶，還被排擠。我曾接到所方通知，三番兩次被捉弄的哲生，拿積木打欺負他的孩子的臉，害對方受傷。我一直叫哲生道歉，他始終沉默不語。老師告訴我，這可能是好發於兒童的選擇性不語症，我才去找醫生洽詢。

就在我回憶當年如何受苦受難時，放在桌上的手機開始震動。我確認來電號碼，是公共電話。

「可能是哲生打來的，我去接一下。」

我打聲招呼，隨即起身來到店外。哲生一定是從警署打來的。我站在露天座席的角落避雨，按下接聽鍵。

「媽，妳看到網路新聞了嗎？」

傳來心慌意亂的尖銳聲音。

「彩花，怎麼回事？妳怎會打公共電話？」

打來的人不是哲生，而是彩花。

「我手機關機了，從傍晚各種來電和訊息就瘋狂湧入。哲生的名字被公布在網路上。我和媽的名字也是，還有其他好多個資。」

彩花大呼大叫後，話筒傳來啜泣聲。我緊握著手機，感覺臉上的血色逐漸退去。

「怎麼會這樣？」

「我哪知道！應該是哪個知情的人去留言吧。現在越傳越開，怎麼辦？」

我按住胸口，設法呼吸。視線模糊，感覺隨時會癱倒在地，但現在我必須保護彩花。我靠著這個信念，勉強打起精神。

「媽剛才去了趟警署。刑警說，如果有問題警方會處理，我聯絡看看。然後，可能會有媒體上門，最好別回家。彩花，妳有沒有朋友能投靠？」

「經理說我今天可以住健身房。這裡有淋浴間和休息室。」

彩花的職場有人站在她這邊，我暫且鬆了口氣。

「為什麼會發生這種事？應該說，既然住在一起，媽怎麼都沒發現？妳都不覺得哲生不對勁嗎？」

語氣中充滿譴責。我握著手機的手顫抖不停。是不是我的錯？是不是我沒察覺，哲生才——

我心生恐懼，有種逃避的衝動。

「我的確覺得他這陣子常常晚歸，但沒想到會演變成這種下場。他在家都很正常，今天早上我們還一起吃早餐。」

「反正妳沒仔細聽哲生說話吧。哲生煩惱好久了，別以為只要餵他吃飯就已盡到責任。為什麼妳就是不肯認眞面對他？」

彩花高聲責怪我，逼得我無路可退。我咬緊牙根，仰望無數的雨痕落在大樓間隙中的黑夜。包覆在雨的氣息下，我感受到自己眞的是孤立無援。

「對不起，我在跟律師談話，之後再打給妳。」

怎麼會有律師？我沒回答彩花就掛掉電話。雙頰發燙，太陽穴上的血管也猛烈跳動。我平復呼吸，擦掉眼淚，回到店內。

「須崎太太，妳還好嗎？」

或許是注意到我眼眶泛紅，岸根憂心忡忡盯著坐回位子上的我的臉。

「是我女兒。雖然新聞還沒報導，但哲生的名字，還有我和女兒的名字，都被放到網路上了。到底是怎麼回事——」

岸根不悅地皺起臉，重重嘆了一口氣。

「有些網站開放網友提供罪犯的個資。即使是沒公布凶嫌姓名的案件，也會有自稱是熟人的人搶先去那種網站留言。有時候，連本人的照片或家人的資訊都會曝光。他們打著制裁罪犯與放任他們的家人的大旗，然而多半只是無聊，覺得這樣好玩。此外，還有人會將投稿在那種網站的個資，轉發到其他社群軟體，或網路留言板上。」

岸根不以爲然地說完，操作起自己的手機。

「妳一定很難受吧，但建議妳還是要確認網友究竟寫了什麼內容。要是住址之類的個資曝光，得告知警方刪除。」

沒過多久，岸根打開該網站，向我出示螢幕。上頭寫著哲生就讀的大學，並貼出中學畢業紀念冊的照片，還有彩花的名字與目前就職的健身房分店名，甚至有我的名字與任職的托兒所。

「看來是這個網站的網址，被轉貼到川崎市的地方留言板，才會鬧得這麼大。」

手上有個資的人，再次回應自己知道的個資，而網友接著回應對新情報的感想。

我看過這傢伙在學生餐廳吃便當。上大學還吃媽媽準備的便當有夠噁。

有沒有姊姊的照片？一定不正就是了。

完全就是媽媽保護得太好嘛，負起責任去死吧。

我告訴自己不可以跟這些留言認真，眼睛卻追著文字跑。看到剛貼出的留言，我差點停止呼吸。

聽說這個媽媽，不單逼兒子跟離過婚的單親媽咪分手，還懷疑兒子事後繼續和女方見面。

我只跟一個人說過這件事——那就是我的同事幸惠。

正當我雙手顫抖著，將手機放回桌面時，再次接到來電。上頭顯示的號碼，跟傍晚打來的是同一支川崎市市話。

「我是川崎西分局的津島。」按下接聽鍵，將手機拿到耳邊，一道急迫的聲音向我報上名號。

「聽說令郎開口供述了。接下來，如果他坦承犯案，明天早上我們就會以傷害罪嫌逮捕他。」

四

爲什麼事情會變成這樣？

我的腦中數度冒出相同的疑問。

即使得知哲生開始供述案情，我依然無法拋棄凶手另有他人的可能性。

我的心頭浮現哲生尚在襁褓時的笑容。

托兒所的開學典禮上，他突然被一大群孩子包圍，不禁哭了出來。

他站在公告錄取准考證號碼的大學布告欄前，笑容滿面地轉向我，雙手比出巨大的圓圈。

「須崎太太，快到了。」

手握方向盤的岸根，出聲叫醒了我。

「這麼晚了，事務所裡沒有人。明天下午助理才會來上班，在這之前妳可以好好休息。」

我原本打算住商務旅館，但似乎不巧週末撞到當紅偶像歌手的演唱會，問了好幾家旅館都客滿。看著無處可去發起愁的我，岸根於心不忍，提議讓我借住位於車站前的事務所。

「你這麼年輕就當上法律事務所的所長，真了不起。」

「沒這回事，我只是繼承了岳父的事務所。他才六十歲，卻說要退休去鄉下嘗試有機農法。真要說起來，律師只有我和太太兩個，規模不大。」

望著因我的恭維露出苦笑的岸根側臉，我不禁憎恨起這個夫妻都從事高收入工作，還繼承岳父的事務所，得天獨厚的年輕律師。我可是身陷兒子被逮捕，自己也即將失業的困境。

離開喫茶店，預約旅館前，我打電話給任職的托兒所所長。她一副等待已久的態度，隔著手機，連珠炮般講個不停。

「我正準備要打給妳。看到網路留言板的家長一直打過來，畢竟是那種案件。他們說妳養出會在幼童面前掐母親脖子的兒子，不希望由妳來負責營養午餐——雖然不認爲令郎就是犯人，但我不能無視這些家長的情緒。不好意思，請妳這陣子別來上班了。廚房暫時由剩下的人員來運作，之後我們再來談談未來該怎麼辦。」

對方以溫柔的口氣下達殘酷的處置，但我只能服從。如果立場互換，說不定我也會有一樣的意見。

前往岸根事務所的車上，我用手機搜尋網路新聞，讀了好幾家媒體發表的案件報導。每一家都尚未公布哲生的名字和學校，卻以聳動的筆法報導母親在兩歲小孩面前被打被掐的殘忍狀況。

「到了，我先把車子開去地下停車場。」

岸根將車子減速，轉動方向盤，開往大樓後方的停車場入口。滑下和緩的斜坡，來到夜燈紛紛亮起的地下停車場一角，他熟練地操作方向盤，倒車停進車位。這是一輛幾乎聽不到引擎聲的高級黑色油電混合車，車內也有照亮手邊的燈光與木製儀表板等精巧的裝備。

岸根先下車，我跟著他從後門爬上樓梯，來到大廳，搭電梯前往事務所所在的三樓。走廊上並排的兩扇門前，橫掛著「家庭法律事務所」的金屬招牌。

「請進，我馬上開冷氣。」

岸根開門點燈，將公事包放在客用沙發上，操作牆上的按鈕。我站在入口環視事務所。畢竟是接收岳父的事務所，沙發、茶几和辦公桌之類的用品，雖然有歲月的痕跡，看起來卻樣樣是高級貨。

緊鄰入口的牆邊，放著繪有鮮豔玫瑰與鸚鵡的陶製傘架，裡頭留了幾把像愛心傘或遺失物的傘。放置在旁的黑色高爾夫球袋，裝著擦得光可鑑人的球桿。

「怎麼了？快進來啊。」

聽到他這句話，我下定決心。

「我想請教岸根先生一件事。」

我靠著關上的門，站在原地，岸根狐疑地歪起頭。掌心因緊張而汗水直流，但我已不能回頭。

「今天一整天，你都待在這邊工作嗎？」

岸根眨眨眼，像是疑惑我怎麼突然問起這件事。

「沒錯，今天沒有外出的行程，白天我都在事務所工作。」

我很想駁斥他說謊，但確認另一件事更要緊。

「你說來找我，是想告訴我，哲生和佐山小姐至今爲止發生的事，但這不是眞正的理由吧？」

岸根臉色大變，明白無法再隱瞞，放棄掙扎似地嘆了口氣。

「對不起，我本來打算之後再說明。考慮到須崎太太目前的狀況，我實在說不出口。」

岸根看起來快要招架不住，視線左右游移。我目不轉睛地盯著他，保持沉默，等待他繼續說下去。

「我今天去找妳，眞正想談的是佐山美玲小姐的雙親索賠的事。內容應該會因今後美玲小姐的狀況而變，不過兩人很擔心孫女會有創傷後壓力症候群，恐怕會求償數千萬圓——」

注意到我的行動，岸根閉上嘴。

我舉起高爾夫球桿，朝驚愕望著我的那張臉揮下。我感受到沉重的衝擊，手心發麻，同時耳邊傳來丟臉的慘叫聲。

岸根倒在地上，壓著流滿鮮血的前額哀號。我再次舉起球桿，他雙手護住頭部。我不禁咂嘴，換個握法，以打高爾夫球的姿勢，朝他腹部中心狠狠一捶。岸根發出野獸般的嚎叫，吐出像是冰咖啡的淺褐色液體。

我再次舉起球桿。岸根縮起身子，不時咳嗽之餘，喘著粗重的氣息，微微睜開的眼角滲出淚水。

我不打算要他的命，我只要他動彈不得。我放下球桿，轉身背對倒在地上的岸根，朝事務所內部前進。

在看似屬於所長岸根的橡木製辦公桌旁，有個大型密碼鎖金庫，跟收納厚重法律書籍與檔案的櫃子擺在一塊。

不能落入別人手裡的貴重物品，應該會往金庫放，但要向處於那種狀態下的岸根問出密碼恐怕不簡單。說不定，密碼會寫在某個地方。

我從最上層依序拉開辦公桌的抽屜，迅速確認內容物。淨是些文具或文件，沒見到類似的小抄，當然也沒發現我開金庫要找的東西。

心急如焚地拿出文件，檢查是否藏著東西時，我突然想到另一種可能性。

追根究柢，那種玩意怎麼可能放在妻子或助理目光可及的事務所金庫？反倒應該隨身攜帶吧？

那麼，就是岸根之前拿在手上的黑色公事包——

我的視線轉向客用沙發，公事包仍放在原處。岸根還是老樣子，蹲在地上。我回到沙發旁，抓起公事包，拉開拉鍊。

我粗暴地翻出公事包的內容物，攤在沙發上。名牌長夾、厚實柔滑的手帕與摺傘。名片夾、證件夾與車鑰匙。在這些物品當中，有一本小小的黑皮行事曆。

這不是我要找的東西，但上頭或許會有線索。我翻開行事曆，跨頁的週間記事密密麻麻寫滿行程，雖然有像是人名和電話號碼的文字，但太小我看不清楚。

把本子拿遠想看個清楚的時候，視野邊緣閃過一道黑影，下一秒我就猛然被擊倒在地。粗糙的地毯擦過臉頰，嘴裡冒出血腥味。

「不、不准動！」

岸根尖聲命令，抓住我的手腕扭到腰間。我發出模糊的哀號，想大吼命令他放開我，但岸根騎在我的背上，我無法呼吸。我扭動身體，拍打他的雙腿，拚命想逃跑，卻不敵男人的力氣。

沒過多久，大樓外接連傳來刺耳的剎車聲。聽見粗魯關上車門的聲音，我費盡全力抬起頭。被雨打濕的大樓玻璃窗外，只見好幾道紅光閃爍。

五

我靠著鐵椅，緩緩環視四周。牆上高處開了扇小窗，以鐵網封住。從那扇窗射入的明亮陽光，在對側牆壁上投射出一個方形光團。現在大概已是太陽高照的時間，我感到又餓又渴，右手按摩起脖子。

無論是灰色牆面、灰色桌面，或是面對桌子的制服警官，所有景象皆沉重無比。哲生也是在這種缺乏情調的空間裡接受偵訊嗎？

「須崎太太，讓妳久等了。」

從昨晚起聽到好幾次的聲音，隨著開門聲傳入耳中。

我吐出一口氣，抬起臉。刑警津島面帶倦色，俯視著我。從昨天就穿在身上的西裝，在手腕與膝蓋附近壓滿皺褶，他看起來累壞了。我是不是也跟他差不多？

「那麼，我要再次請教妳一些事。」

本來只打算點點頭，但精疲力竭的我差點整個人往前栽。坐在我對面的津島，朝在房間角落面對電腦的制服警官使個眼色，向我開口。

「須崎太太，**妳為何會發現岸根就是攻擊佐山小姐的真凶？**」

我第一次起疑，是岸根在喫茶店談論案情的時候。

當時，岸根說「在哲生先生將手伸向她的脖子前」。

然而，津島給我看的網路新聞只寫頸部有勒痕，沒有任何段落提及犯人沒用凶器，徒手勒頸。前往事務所的途中，我也查看過各人新聞台與報社的報導，沒有任何一篇描述勒頸的詳細狀況。

光是只有這個疑點，還能解釋成岸根聽美玲的父母轉述遇害的詳情。然而，岸根的發言有失律師素養。

岸根進一步指稱，佐山美玲遇襲是「殺人命案」。

當時刊出的報導，只說美玲被勒頸受到重傷。儘管提及「日前正在向待在現場的男性釐清案情」，在尚未取得口供的階段，無法判斷是否存在殺意。

實際上，即使到了後來哲生開始招供的階段，津島的說法也是「以傷害罪嫌逮捕他」。嫌犯被逮捕，還沒供稱自己懷有殺意，身爲法律專家的律師岸根怎能斷言這是一起「殺人命案」？

假如有人在這個階段就能斷言這是一起殺人命案，只可能是抱持殺意，勒住美玲脖子的眞凶。

岸根是不是以某種形式與這個案件有所關聯？我心生疑慮，爲了刺探他，在他提議讓我寄宿事務所時一口答應。

「妳都不怕有危險嗎？岸根可是爲了殺妳滅口，才邀請妳去事務所。」

津島嘆了口氣。比起傻眼，他顯然更惱火。

「我就是感到危險，才會抓了一根放在門口旁的高爾夫球桿。」

我認定岸根就是眞凶，是在剛踏進事務所不久。門口放著一個傘架，其中留下的一把傘，正是哲生那把纏了淺藍色膠帶做記號的塑膠傘，我早上才叮嚀他不要忘記帶。

岸根說沒跟哲生見面，是在騙我。毋庸置疑，哲生在案發當天造訪過那家事務所。而岸根說一直待在事務所也是謊話。白天都在下雨，哲生會把傘忘在事務所就離開，八成是坐上岸根的車，在不會被雨淋濕的狀態下，從地下停車場移動。

哲生陪著岸根，來到佐山美玲的公寓。案發後，眞凶岸根趁警察上門前離開，被丟在現場的哲生遭警方帶走。

打倒岸根後，我在事務所內拚命尋找能證明岸根與美玲有關係的證據。那就是美玲的手機。

即使哲生在案發後保持沉默，只要調查美玲的手機，理當就能釐清他們有過什麼對話，以及哲生牽涉到什麼程度。警方沒掌握到這些情報，表示美玲的手機被眞凶從現場帶走。用高爾夫球桿揍他或許是過火了點，但我也是爲了自保，而且對於想嫁禍給哲生的人，根本不不必客氣。我滿腦子都在擔心，要是動作不夠快，哲生可能會被逮捕。

「岸根就是佐山小姐的『新對象』吧？」

津島一臉苦澀，以點頭代替回答。我拚命尋找的手機，據說是在岸根車子的手套箱找到的。手機裡留下顯示美玲與岸根關係的對話，而岸根已坦承犯案。一方面也是因爲哲生昨晚開始招供——拜此之賜，警方趕到岸根的事務所，我及時得救——警方終於掌握案件的全貌。

美玲是在兩年前，她與女兒的生父協商離婚的時期認識岸根。美玲的父親是家庭法律事務所的老客戶，前任所長將女婿岸根介紹給美玲。

與前夫離婚成立後，美玲仍陸續找岸根商量大小事，像是美玲住處公寓的合約，或是未來女兒的養育問題，談著談著就發展出匪淺的關係。我推斷交往時期與哲生重疊，實際上真的說中了。

美玲就像她跟哲生抱怨的一樣，無法忍受自己得獨力撫養幼女，並繼續在便利商店工作，於是要求岸根與妻子離婚，跟她再婚。至於哲生，美玲似乎只把他當成刺激岸根嫉妒心的砲灰，凡事對她百依百順的工具人。因此，這段關係一被我們家人發現，她立刻賠罪分手，以免惹出麻煩。

美玲威脅岸根，要是不離婚，並與她再婚，就要公開一切，岸根形同被逼入絕境。要是處理不當被太太知道，別說是失去家庭，從岳父手中繼承的事務所當然也會化為泡影。

另一方面，美玲做了一件令人難以置信的事。她向分手的哲生坦承與岸根的關係，並且拜託哲生為母女倆的幸福出一份力。哲生會頻繁離家都是受到美玲召喚，在美玲去見岸根的期間幫忙照顧她的女兒。

爲什麼哲生會對美玲如此言聽計從？我從津島口中得知事情原委時，一時半刻還無法相信。見我如此不解，聽過哲生詳細解釋自己與美玲關係的津島，提供了他的見解。

「據說，哲生先生在孩提時代目睹父親對母親施暴。常有人說，這種家庭長大的孩子有幾成機率在成年後也會成為家暴加害者，然而，實際上成為被害者的人，更是多過加害者。他們無法建立自尊，被對方施暴或遭受不講理的對待，會視為理所當然。聽哲生先生的形容，感覺他和佐山小姐的關係，比起情侶遠遠扭曲許多。」

根據津島的說法，美玲與哲生的關係非常不對等，支配感強烈。他打工的便利商店同事們也證實了這項事實。哲生服從美玲的任何命令，把自己的行程擺在一邊，為美玲代班。當他們在同一天值班時，哲生總會替她扛起難搞的工作，簡直就像是女王與奴隸。

我未曾用心觀察，只看到哲生表面的文靜、溫和與乖巧，實在愧為人母。出事之前，我完全沒注意到兒子目睹父親施暴的模樣，在成長的路上走歪了。我的兒子不是乖巧，就算想拒絕，就算想抵抗，被剝奪反抗力氣的兒子也只能服從。

案發當天，哲生聽從美玲的命令，來到岸根的事務所替她傳話，要求岸根給她結論。爲了讓美玲與岸根進行最後的協商，他帶著岸根來到美玲的公寓。然而，兩人的協商破裂。

「岸根與佐山小姐交談期間，哲生先生都在她住處的門前等待。不久後傳來爭執聲，岸根衝出門。他連忙進門查看，發現失去意識的美玲小姐與她大聲哭喊的女兒。」

聽到女兒的哭聲，附近鄰居報警。警方趕到現場時，不管怎麼問，哲生都沒有回應。

「說不定是不語症發作。哲生小時候感受到強烈恐懼或壓力，有時會說不出話。」

聽我解釋成年後仍有可能復發，津島點頭同意。哲生認爲自己帶岸根過來，導致一名母親在年幼的女兒面前遭受暴力，非常自責。他恐怕是與孩提時代的經驗重疊，受到重大打擊。

此外，哲生和美玲做了一個約定。

「美玲小姐叮囑我，在岸根先生與太太的離婚成立之前，不能向任何人透露她與岸根先生交往的事。否則她會反過來被告，十分不利。一想到要是說出來祕密就會曝光，等於打破與美玲小姐的約定，我就怕得發不出聲音。」

這是哲生保持沉默的原因。在哲生心中，「打破與美玲的約定」的狀況，或許就是引發不語症的關鍵。美玲的命令就是這麼至高無上。但到了晚上，他聽說美玲恢復意識，向警方坦承與岸根的關係及事發經過，從箝制中得到解放，終於打開緊閉的嘴，一點一滴講起來龍去脈。

「由於妳告訴警方佐山小姐有新男友，岸根認爲必須將妳滅口。從妳這邊得知哲生先生偵訊時保持沉默，岸根確認他遵守了與佐山小姐的約定，沒洩漏兩人的關係。親眼見到哲生先生不語症發作，岸根起了愚蠢的歹念，妄想要是哲生先生什麼都不說，就能順勢嫁禍給他。」

津島這麼一說，我才第一次發現自己眞的差點沒命，頓時感到一陣寒意。

要是美玲昏迷不醒，哲生繼續沉默不語，他就不會被逮捕。只要除掉跟警察多嘴的礙事之徒，處理掉從現場帶走的美玲手機就行。正常狀況下，仔細想想也知道事情不可能這麼順利，走頭無路的岸根應該是陷入了恐慌狀態吧。

「我也不懂爲什麼自己會這麼想。我就是不想失去擁有的東西，我想停留在目前的狀態。我想相信只要再加把勁，就沒有問題。」

稍微恢復冷靜後，岸根這麼告訴搜查人員。

岸根會接近我，是爲了刺探哲生是否跟家人提過他與美玲的關係。聲稱接受美玲父母的委託，或是哲生跟蹤美玲，這些當然都是謊話。

岸根外表看起來一副好欺負的樣子，背地裡手段卻卑鄙無恥，在爆料罪犯情報的網站，留下從美玲口中得知的哲生與我們一家的個資，並進一步轉發到本地的留言板。我大概得辭去目前的工作，但掌握這些證據，可僱一名高明的律師，狠狠向他討一筆賠償金。

結束漫長的偵訊，我一走出來，就看到哲生與彩花並肩坐在走廊的長椅上。

「昨天眞是對不起，明明不是媽的錯，我卻說得那麼難聽。」

彩花哭得雙眼紅腫，道完歉，再次湧出淚水。別放在心上，是媽不好——我將手放在她的肩頭，她猛烈搖頭否認。

「哲生也過來，你應該要話要跟媽說吧？」

在彩花的催促下，哲生起身，默默站到我的面前。我仰望個子比自己高上許多，卻遠遠不夠可靠的兒子。哲生始終不肯和我對上眼，嘶啞地說了聲「抱歉」，緊咬著嘴唇。我拍了一下他纖細的手肘，皺著臉忍住淚水，點點頭。

「就一句『抱歉』？你跟我講了那麼多沒大沒小的話，遇到媽就講不出來？算了，這次我有點懷疑你，也沒資格對你指手畫腳啦。」

彩花似乎仍感到悔恨，一臉苦澀地低著頭，我輕輕撫著她的背。哲生憂心忡忡地望著姊姊。一起長大的彩花是個情緒外放的孩子，至少是一種救贖。

如何締結平等而溫暖的人際關係，這種事慢慢學習就好。我會永遠支持兒子的成長。

在此之前，我們這一家有缺陷，未來想必也會有所損失。

但我已建立信心，相信一切都能挽回。

「回家吧。」

聽到我這句話，彩花點點頭，哲生則對我露出笑容。

我思考著一家三口團圓的早餐該煮什麼，與兒女一起邁開腳步。

E FICTION 47／妻子從不忘記

原著書名／妻は忘れない
作　者／矢樹純
原出版者／新潮社
翻　譯／Rappa
責任編輯／陳盈竹
行銷業務／徐慧芬、陳紫晴
編輯總監／劉麗眞
總 經 理／陳逸瑛
榮譽社長／詹宏志
發 行 人／涂玉雲
出 版 社／獨步文化
城邦文化事業股份有限公司
104台北市中山區民生東路二段141號5樓
電話：(02) 2500-7696　傳眞：(02) 2500-1967
發　行／英屬蓋曼群島商家庭傳媒股份有限公司
城邦分公司
104 台北市中山區民生東路二段141號2樓
網址／www.cite.com.tw
讀者服務專線／(02) 2500-7718；2500-7719
服務時間／週一至週五：09：30～12：00　13：30～17：00
24小時傳眞服務／(02) 2500-1900；2500-1991
讀者服務信箱E-mail／service@readingclub.com.tw
劃撥帳號／19863813
戶名／書虫股份有限公司
香港發行所／城邦（香港）出版集團有限公司
香港灣仔駱克道193號號1樓東超商業中心
電話／(852) 2508-6231　傳眞／(852) 2578-9337
E-mail／hkcite@biznetvigator.com
馬新發行所／城邦（馬新）出版集團
Cite (M) Sdn Bhd
41, Jalan Radin Anum, Bandar Baru Sri Petaling,
57000 Kuala Lumpur, Malaysia.
Tel: (603) 90578822
Fax:(603) 90576622
email:cite@cite.com.my
封面設計／蕭旭芳
排　版／游淑萍
印　刷／中原造像股份有限公司
●2022年（民111）4月初版
售價320元
 ISBN 978-626-7073-32-2（平裝）
ISBN 9786267073339（EPUB）

國家圖書館出版品預行編目資料

妻子從不忘記 / 矢樹純著；Rappa譯. –初版. – 台北市：獨步文化，城邦文化事業股份有限公司出版：英屬蓋曼群島商家庭股份有限公司傳媒城邦分公司發行，民111.04
面； 公分. --（E fiction ; 47）
譯自：妻は忘れない
ISBN 978-626-7073-32-2（平裝）
ISBN 9786267073339（EPUB）

861.57　　111000493

獨步文化
APEX PRESS

廣　告　回　函
北區郵政管理登記證
台北廣字第000791號
郵資已付，免貼郵票

104台北市民生東路二段 141 號 2 樓

英屬蓋曼群島商家庭傳媒股份有限公司

城邦分公司

請沿虛線對摺，謝謝！

獨步文化
APEX PRESS

書號：1UR047　　**書名**：妻子從不忘記　　**編碼**：

請於此處用膠水黏貼

獨步文化 APEX PRESS

讀者回函卡

謝謝您購買我們出版的書籍！

請費心填寫此回函卡，我們將不定期寄上城邦集團最新的出版訊息。

姓名：______________________________ 性別：□男 □女

生日：西元____________年_____________月_____________日

地址：____

聯絡電話：__________________________ 傳真：_____________________

E-mail：____

學歷：□1.小學 □2.國中 □3.高中 □4.大專 □5.研究所以上

職業：□1.學生 □2.軍公教 □3.服務 □4.金融 □5.製造 □6.資訊

□7.傳播 □8.自由業 □9.農漁牧 □10.家管 □11.退休

□12.其他 ____

您從何種方式得知本書消息？

□1.書店 □2.網路 □3.報紙 □4.雜誌 □5.廣播 □6.電視

□7.親友推薦 □8.其他 ____

您通常以何種方式購書？

□1.書店 □2.網路 □3.傳真訂購 □4.郵局劃撥 □5.其他

您喜歡閱讀哪些類別的書籍？

□1.財經商業 □2.自然科學 □3.歷史 □4.法律 □5.文學

□6.休閒旅遊 □7.小說 □8.人物傳記 □9.生活、勵志 □10.其他

對我們的建議：____

____

____

為提供訂購、行銷、客戶管理或其他合於營業登記項目或章程所定業務需要之目的，家庭傳媒集團（即英屬蓋曼群島商家庭傳媒股份有限公司城邦分公司、城邦文化事業股份有限公司、書虫股份有限公司、墨刻出版股份有限公司、城邦原創股份有限公司），於本集團之營運期間及地區內，將以mail、傳真、電話、簡訊、郵寄或其他公告方式利用您提供之資料（資料類別：C001、C002、C003、C011等）。利用對象除本集團外，亦可能包括相關服務的協力機構。如您有依個資法第三條或其他需服務之處，得洽詢本公司服務信箱cite_apexpress@cite.com.tw請求協助。相關資料不提供亦不影響您的權益。

□我已詳讀權利義務之相關條款，並同意遵守。

請於此處用膠水黏貼